D0561866

LE MESSAGE

Crédits iconographiques

p. 9 : Portrait d'Andrée Chedid.
© Louis MONIER / Gamma-Rapho via Getty Images
p. 16 (A) : Mosquée de Ibn Tulun, prise depuis la Citadelle, 1920, Le Caire, Égypte.
© Sepia Times/Universal Images Group via Getty Images
p. 16 (B) : Drapeau de la Yougoslavie.
© BigAlBaloo / Shutterstock
p. 29 haut : Femme de profil.
© SergValerie / Shutterstock
p. 29 bas : Homme.
© Valenty / Shutterstock
p. 30 haut : Couple âgé.
© MaKars / Shutterstock
p. 30 bas : Homme au fusil.
© Burunduk's / Shutterstock
p. 31 : Au bord du Nil dans le vieux Caire, le long de la rive orientale, 1920, Le Caire, Égypte.
© Sepia Times/Universal Images Group via Getty Images

ISBN : 978-2-0802-5420-7
ISSN : 1269-8822
© Flammarion, 2021

ÉTONNANTS · CLASSIQUES

LE MESSAGE

Andrée Chedid

Appareil pédagogique
par Laure Humeau-Sermage,
professeure de lettres

Avec la participation
de Laurent Jullier,
professeur en études de cinématographie,
pour « Un livre, un film »

Flammarion

SOMMAIRE

TOUT POUR COMPRENDRE
Pages 7 à 34

LE MESSAGE
Pages 35 à 143

TOUT POUR RÉUSSIR
Pages 145 à 184

TOUT POUR COMPRENDRE

DÉCOUVRIR
LE CONTEXTE
+
L'ŒUVRE

Littératures
et cosmopolitisme

➤ Une femme partagée entre le Moyen-Orient et la France

Andrée Chedid naît en 1920 au Caire, où ses parents ont émigré après avoir fui le Liban, leur pays d'origine, en proie à des luttes entre communautés et à de grandes difficultés économiques [1]. Élève en France puis étudiante en Égypte, **parlant l'arabe, le français et l'anglais**, elle côtoie des cultures diverses. Dès l'âge de dix-huit ans, elle écrit des articles destinés à la **presse** et compose des **poèmes**. En 1942, elle part vivre au Liban avec son mari, un biologiste français qui l'encourage à écrire [2]. L'année suivante, elle publie au Caire son premier recueil poétique en anglais [3]. Mais c'est en **France** qu'elle choisit de s'installer définitivement, en 1946, après la fin de la Seconde Guerre mondiale. **Naturalisée française, elle devient**

....

[1]. Le Liban, longtemps terrain des luttes d'influence entre les puissances européennes, conquiert son indépendance le 22 novembre 1943. Il connaît alors pendant deux décennies un fort essor économique, alors même que les inégalités sociales et l'instabilité politique augmentent. La montée des tensions intercommunautaires aboutit à la guerre civile en 1975, qui se poursuit jusqu'en 1990 et fera près de 250 000 morts. La fin de la guerre civile se solde par l'occupation du Liban par la Syrie jusqu'en 2005. À l'été 2006, le Liban est le théâtre d'un nouveau conflit meurtrier avec Israël.
[2]. Andrée Chedid est la mère de Louis Chedid, auteur-compositeur et interprète né en 1948, et la grand-mère de Matthieu Chedid, né en 1971 et connu sous le nom d'artiste -M-, pour lequel elle écrit en 1999 les paroles de sa chanson « Je dis Aime », dont le refrain est un hymne à la paix.
[3]. Intitulé *On the Trails of my Fancy*, Le Caire, Éditions Horus, 1943.

l'une des grandes figures de la littérature de notre pays. Atteinte de la maladie d'Alzheimer, elle décède le 6 février 2011, à Paris.

➤ De la poésie au roman

Andrée Chedid s'est d'abord essayée à la **poésie**[1], un genre dont elle fait l'éloge dans son recueil *Poèmes pour un texte*, pour lequel elle reçoit notamment en 1990 le grand prix de poésie de la Société des gens de lettres et en 2002 le prix Goncourt de la poésie[2]. Mais elle s'est aussi consacrée à la **prose**, composant des nouvelles réunies dans trois volumes – *Les Corps et le Temps* (1979)[3], *Mondes Miroirs Magies* (1988), *À la mort, à la vie* (1992) –, des **pièces de théâtre** – *Bérénice d'Égypte* (1968), *Les Nombres* (1968), *Le Montreur* (1969), *Échec à la reine* (1984) et *Le Personnage* (1998) –, des **contes pour enfants** et des **romans**. Parmi ces derniers, nombreux, on retiendra plus particulièrement *Le Sixième Jour* (1960) et *L'Autre* (1969), tous deux adaptés au cinéma, le premier par le grand cinéaste égyptien Youssef Chahine (1986), le second par Bernard Giraudeau (1990) ; citons aussi *Le Survivant* (1963), *La Cité fertile* (1972), *Les Marches de sable* (1981), *L'Enfant multiple* (1989) et enfin *Le Message* (2000), couronné par le prix Louis-Guilloux[4] en 2001.

....

1. *Poèmes pour un texte* regroupe plusieurs recueils de poésie publiés entre 1970 et 1991.
2. Voir « Groupement de textes n° 1 », p. 160.
3. Recueil récompensé par le prix Goncourt de la nouvelle.
4. Le prix Louis-Guilloux est décerné depuis 1983 par le conseil départemental des Côtes-d'Armor pour perpétuer les valeurs littéraires et morales de cet écrivain breton ; il couronne une œuvre de langue française remarquable par « la dimension humaine d'une pensée généreuse, refusant tout manichéisme, tout sacrifice de l'individu au profit d'abstractions idéologiques ».

La dimension universelle de l'histoire

➤ Le refus de contextualiser

Les premiers chapitres du *Message* nous plongent dans la rue déserte d'une ville ravagée par la guerre, où une jeune femme s'effondre, touchée par une balle alors qu'elle s'apprêtait à rejoindre son ami. Qui va lui venir en aide ? Pourrait-elle dire une dernière fois à Steph qu'elle l'aime ? Qui est cet homme posté non loin de là et qui surgit une mitraillette à la main ?

Bien que le récit repose sur une **intrigue précise** et réunisse des **protagonistes fictifs** – identifiés par leur prénom –, *Le Message* comporte une **dimension universelle**.

Andrée Chedid se garde de circonscrire son intrigue à un lieu et à un temps précis. Aucun endroit ou monument significatif ne renseigne le lecteur sur le cadre spatial ; l'époque semble contemporaine, mais l'œuvre n'offre pas de repère. Cette absence délibérée d'indications spatio-temporelles implique davantage le lecteur – l'histoire qu'il lit pourrait être la sienne – et permet à l'autrice de parler de l'humanité tout entière et de convier le lecteur à s'attacher au récit, car « dans chaque corps torturé tous les corps gémissent » (p. 49, l. 17).

➤ S'inspirer de l'humanité tout entière

Si le lecteur possède quelques informations relatives à la biographie de l'autrice et à la **genèse du roman**, il pourra être tenté d'y voir des clés de lecture et rapprocher le contexte du *Message* des **conflits** qui se déroulent à l'époque de sa rédaction **au Liban** [1] **ou en ex-Yougoslavie** [2]. Pourtant, la guerre évoquée par le récit est avant tout un **symbole** qui sert à stigmatiser [3] efficacement toutes les autres : « *Qu'importe le lieu ! Partout l'humanité est en cause, et ce sombre cortège n'a pas de fin* » (p. 49, l. 15-16).

Le choix des noms des personnages est aussi significatif : « Marie », « Steph » – abréviation probable de « Stéphane » – sont des prénoms français familiers. « Marie » est par ailleurs commun à l'ensemble du monde judéo-chrétien. « Anton », « Anya », « Gorgio », « Fodl », « Taras », « Braco » ont eux une consonance étrangère, sans qu'il soit possible de les rattacher d'emblée à une nationalité précise. Ils n'offrent donc **aucun indice** sur la situation géographique de l'intrigue. L'autrice s'emploie en effet à saisir dans ses personnages non pas ce qui les différencie les uns des autres, mais ce qui les rapproche. Anya ne peut manquer de retrouver celle qu'elle a été dans la figure de Marie et de comparer son histoire avec Anton à celle du jeune couple ; Gorgio voit dans Anton un double positif de son père et lit dans le visage de Marie la douceur de sa propre mère. De même, le lecteur pourra être amené à s'identifier à chacun des personnages : à travers l'exemplarité de leurs caractères et de leur situation, **l'histoire tend à l'universel**.

....

1. Voir note 1, p. 8.
2. Entre 1991 et 2001 éclatent de violents conflits entre différents groupes ethniques ou nations qui composent la République fédérale socialiste de Yougoslavie. Les causes en sont politiques, économiques, culturelles et religieuses. Cette guerre à caractère génocidaire est la plus meurtrière en Europe (trois cent mille morts et un million de déplacés) depuis la fin de la Seconde Guerre mondiale. Elle a abouti à l'éclatement de la République fédérale.
3. **Stigmatiser** : condamner, dénoncer.

Une littérature qui dénonce

L'histoire du XXᵉ siècle a été marquée par des conflits mondiaux, des affrontements régionaux et des guerres civiles. La littérature a répondu de façon multiple au besoin impérieux de **témoigner** des ravages de la guerre, de **dénoncer** la barbarie et de permettre le **devoir de mémoire** : *Le Message* s'inscrit de façon originale dans cette tradition de littérature de guerre.

➤ Du témoignage à la fiction

La **littérature de la guerre** au XXᵉ siècle est tout d'abord constituée de nombreux témoignages : la correspondance entretenue par les soldats avec leurs proches, les journaux intimes ou carnets ont fourni un moyen privilégié pour **décrire les combats et s'interroger sur l'expérience vécue**. Les écrits de ces écrivains-soldats ont parfois pris des formes variées et élaborées. Ainsi, la poésie s'empare de ce thème de la guerre, comme le prouvent celle de Guillaume Apollinaire dans son recueil *Poèmes à Lou* (1915) ou celle de Paul Éluard dans *Les Sept Poèmes d'amour en guerre* (1943) [1]. Mais c'est surtout à travers le genre du **récit autobiographique** que la littérature remplit cette **fonction testimoniale** [2], montrant ainsi que l'écriture de la guerre quitte la sphère intime pour devenir **parole publique**. Roland Dorgelès (1885-1973) dans *Les Croix de bois* (1919), Maurice Genevoix (1890-1980) dans *La Mort de près* (1972) ou encore

....

1. Voir « Groupement de textes n° 1 », p. 155 et p. 156-157.
2. **Testimoniale** : qui repose sur le témoignage.

Erich Maria Remarque (1898-1970) dans *À l'ouest rien de nouveau* (1929) construisent leur récit en s'inspirant de leur expérience de soldat pour raconter l'horreur de la guerre des tranchées en 1914-1918 ; Michel del Castillo (né en 1933) dans *Tanguy, Histoire d'un enfant d'aujourd'hui* (1957) ou encore Carl Friedman (1952-2020) dans *Mon père couleur de nuit* (1991) reviennent, eux, sur leur enfance détruite par les bouleversements tragiques de la Seconde Guerre mondiale.

Mais la **fiction s'est aussi emparée de ce thème** : son utilisation souvent *a posteriori* remet en question l'idée selon laquelle la vérité de la guerre sort uniquement de la plume des combattants, écrivains-soldats ou victimes des conflits. Des romanciers utilisent tous les **ressorts de la fiction** et **inventent des personnages et des situations** pour **relater les conflits meurtriers** qu'ils n'ont parfois connus que par les livres d'histoire. Ainsi, des écrivains contemporains, comme Thierry Jonquet (1954-2009) dans *La Vigie* (2001) ou Alain Blottière (né en 1954) dans *Le Tombeau de Tommy* (2009), évoquent les guerres mondiales en imaginant les liens entre le présent et le passé, avec la certitude que la guerre peut être matière à invention et que la fiction ne manque pas de véracité et d'authenticité.

➤ Des conflits du siècle au récit universel

C'est cette voie qu'emprunte Andrée Chedid dans *Le Message* : elle s'inscrit dans la tradition d'écrits fictifs cherchant à **faire vivre et ressentir la guerre au lecteur**, à travers des personnages inventés avec lesquels il peut s'identifier et dont il suit le destin tragique. Loin d'une littérature moralisante, exaltant l'héroïsme des combattants et la fierté d'une nation – finalités qui ont pu être celles de certains ouvrages écrits pendant les guerres –, l'œuvre d'Andrée Chedid cherche à **dénoncer le chaos, l'absurdité et les horreurs de la guerre**. Pour elle, il ne s'agit pas seulement d'écrire sur la guerre ou de décrire la guerre, mais d'écrire contre la guerre et de faire œuvre de littérature engagée pacifiste, **prônant les valeurs universelles de paix et de tolérance**. Andrée Chedid range sa voix fictive (elle s'autorise aussi, au milieu de sa fiction, à crier sa colère contre la barbarie de l'homme) aux côtés de celles, fortes, d'auteurs – écrivains philosophes du XVIIIᵉ siècle ou auteurs engagés du XIXᵉ siècle [1] – qui ont dénoncé explicitement la guerre.

Mais l'originalité de la démarche d'Andrée Chedid est de **tendre à l'universel** : *Le Message* n'est pas un roman témoignant des ravages d'une guerre en particulier mais la **dénonciation de toutes les guerres**. Même si la genèse de l'œuvre montre que l'écrivaine est marquée par l'actualité qui frappe des terres qui lui sont chères, son récit s'éloigne de l'Histoire et de la fonction testimoniale et mémorielle [2] de la littérature de guerre. C'est peut-être parce que, comme l'écrit William Faulkner [3] en 1949 dans *L'Invaincu* : « Toutes les guerres se ressemblent : la même poudre détonante [4] quand il y eut la poudre,

....

1. Voir « Groupement de textes n° 2 », p. 164.
2. Mémorielle : relative à la mémoire, au devoir de mémoire.
3. William Faulkner (1887-1962) est un romancier américain, prix Nobel de littérature en 1949.
4. Détonante : qui explose.

le même coup d'estoc [1] et la même parade, avant qu'elle n'existât :
les mêmes contes, les mêmes récits, le même que la dernière ou que
la prochaine fois. » Avec *Le Message*, la littérature de guerre devient
un récit fictif, **allégorique**, au service d'**une leçon** et d'**une dénonciation universelles**. Andrée Chedid le dit elle-même : il faut qu'une histoire « ait un certain espace, presque comme un symbole, qu'elle
soit toute simple, mais qu'elle contienne à l'intérieur quelque chose
de tout un monde qui nous englobe un peu tous [2] ».

Découvrir le contexte

....
1. Estoc : avec la pointe de l'épée.
2. Extrait d'un entretien avec Francine Bordeleau (*Nuit blanche*, n° 28, juin 1987).

Chronologie

A **1920** : naissance d'Andrée Chedid, née Saab, au Caire, en Égypte.

1939 : début de la Seconde Guerre mondiale.

1942 : installation d'Andrée Chedid au Liban avec son mari.

1943 : publication en anglais du premier recueil de poésie, *On the Trails of my Fancy*, sous le pseudonyme A. Lake.

1945 : fin de la Seconde Guerre mondiale ; fondation de l'Organisation des Nations unies (ONU), qui a pour but de maintenir la paix dans le monde.

1946 : installation d'Andrée Chedid à Paris ; naturalisation française.

1961 : guerre au Viêt-Nam entre le Viêt-Nam du Sud et le Viêt-Nam du Nord, communiste.

1960 : publication du roman *Le Sixième jour*.

1969 : publication du roman *L'Autre*.

1975 : guerre civile au Liban entre milices chrétiennes et palestiniennes.

1976 : publication du recueil de poésie *Cérémonial de la violence*.

1979 : publication du recueil de nouvelles *Les Corps et le Temps* ; prix Goncourt de la nouvelle pour ce titre.

1981 : publication de *Théâtre I*, premier recueil de pièces de théâtre écrites par Andrée Chedid.

1989 : publication du roman *L'Enfant multiple*.

1990 : fin du conflit au Liban ; grand prix de poésie de la Société des gens de lettres décerné à Andrée Chedid.

B **1991** : début de la guerre civile en République fédérale socialiste de Yougoslavie.

1993 : publication de *Théâtre II*, recueil de pièces de théâtre.

1999 : écrit pour son petit-fils Matthieu Chedid, chanteur et musicien plus connu sous le nom de -M-, les paroles de la chanson « Je dis Aime », hymne à l'amour, à la paix et à la tolérance.

2000 : publication du *Message*.

2001 : fin du conflit en République fédérale socialiste de Yougoslavie ; prix Louis-Guilloux pour *Le Message*.

2002 : prix Goncourt de la poésie pour l'ensemble de l'œuvre d'Andrée Chedid.

2011 : mort d'Andrée Chedid à Paris.

Histoire
et conflits

➤ Une littérature marquée par l'Histoire

Andrée Chedid nourrit son œuvre littéraire du monde qui l'entoure et inscrit ses fictions dans un cadre précis. Ainsi l'action du *Sixième Jour* se déroule-t-elle dans les quartiers populaires de la capitale égyptienne, que l'autrice connaît bien, et celle de *L'Enfant multiple*, au cœur du conflit qui déchire le Liban au milieu des années 1970. De même, *Le Message* est marqué par le sceau de l'Histoire : sa genèse en témoigne.

➤ De la photographie au roman

En effet, à l'origine de ce roman se trouve un **cliché pris lors des conflits de l'ex-Yougoslavie**[1] et publié dans un journal : il émeut Andrée Chedid qui, munie de sa plume, donne une **nouvelle vie aux individus figés** de la photographie, probablement morts. Les quelques mots griffonnés deviennent un court récit intitulé « Mort au ralenti ». Plus tard, la petite-fille de l'autrice, réalisatrice, découvre ce texte et incite sa grand-mère à le développer, persuadée qu'il pourrait devenir la trame d'un très beau film. Suivant ces conseils, Andrée Chedid remanie « Mort au ralenti » et livre *Le Message*, un roman dont la dédicace révèle le rôle de sa petite-fille dans sa rédaction : « À [...] Émilie, qui m'a remise sur les traces de ce récit » (p. 37).

....

1. Voir note 2, p. 11.

Une œuvre tragique et engagée

! Avertissement
Cette partie contient des révélations sur l'intrigue.

➤ Un roman du registre tragique

Andrée Chedid, dont les racines se situent au Liban, inscrit nombre de ses intrigues en Orient et saisit la condition humaine à travers les heurts de civilisations qui troublent le monde méditerranéen. Plus généralement, **son œuvre entière révèle une conscience aiguë de l'horreur de la guerre et du caractère éphémère de la vie**.

• _Une intrigue tragique_

Dès les premières lignes du texte, une jeune femme s'effondre dans la rue déserte d'une ville ravagée par la guerre. La jeune femme a reçu dans le dos la balle d'un franc-tireur[1], alors qu'elle s'apprêtait à rejoindre un jeune homme, Steph, non loin de là. Ses retrouvailles avec celui-ci devaient sceller leur réconciliation et l'aveu de leur amour partagé. Marie est secourue par un vieux couple, Anton et Anya, puis par un jeune homme, Gorgio, que le port d'une mitraillette dans ce _no man's land_[2] rend immédiatement suspect, mais qui part à la recherche d'une ambulance. À la manière des **tragédies antiques**, le

....

1. **Franc-tireur** : voir note 1, p. 47.
2. **No man's land** : zone dévastée, vidée de ses habitants.

dénouement de l'histoire confirme l'**issue fatale** annoncée dès le début.

• _Un récit avec une multiplicité de points de vue_

La lente agonie de Marie est rapportée dans un récit constitué de **brefs chapitres**. Chacun d'eux est centré sur un personnage : la narration se concentre d'abord sur Marie, puis, alternativement, sur les **différents protagonistes** – Anton, Anya, Gorgio et Steph –, au fur et à mesure qu'ils apparaissent, racontant leur histoire personnelle et suivant leurs pas lorsqu'ils s'éloignent de l'héroïne. Ainsi en est-il d'Anya partie à la recherche de Steph, de Gorgio courant en quête d'une ambulance et de Steph hésitant à fuir la ville sans avoir revu celle qu'il aime. Cette juxtaposition des différents parcours des personnages donne une **dimension cinématographique** au récit.

• _Une structure qui entretient le suspense_

L'**urgence**, qui parcourt tout le roman, crée aussi un effet de **rythme soutenu**. Marie doit être secourue et son message transmis à Steph avant qu'il ne quitte le lieu de leur rendez-vous. L'**incertitude** relative à la réussite de ces deux objectifs, maintenue jusqu'au terme du récit, introduit le **suspense** au cœur du texte. Le lecteur est ainsi tenu en haleine par une **tension dramatique** élevée. Et plus l'urgence est grande, plus l'action semble retardée et son temps dilaté à l'infini. Souvent rapportée au présent de narration, l'agonie de Marie, qui dure le temps de la lecture, est d'une **cruelle lenteur**. Les monologues intérieurs des personnages qui, confrontés à la mort, replongent dans leur passé ou réfléchissent sur le sens de leur vie, ainsi que les interventions de la narratrice [1] omnisciente qui s'interroge sur la guerre, ralentissent la progression de l'action et **diffèrent son dénouement**.

....

1. Andrée Chedid passe par la voix d'une **narratrice** pour exprimer ce qu'elle ressent face à la guerre.

➤ Un roman engagé

• _Dire l'horreur de la mort_

Dans _Le Message_, la cruauté du monde se manifeste par l'**omniprésence de la mort** : elle rôde autour des protagonistes et envahit la narration. Elle frappe deux fois, au début et à la fin du récit, et **injustement** puisqu'elle touche ceux qui représentent **la vie**, **la jeunesse**, **le renouveau**. Marie est une jeune femme active et amoureuse, sur le point d'amorcer une existence nouvelle, aux côtés de Steph ; Gorgio est un jeune homme qui tente peut-être de racheter ses actes et de donner un autre sens à sa vie. Devenu le confident de Marie qui livre ses douleurs et ses angoisses au sein de monologues intérieurs, le lecteur assiste, avec Anton et Anya, puis avec Steph, à l'agonie de la jeune femme : Andrée Chedid décrit les assauts de la mort à laquelle Marie finit par céder : « Par moments, ce corps se disloque : les genoux cèdent, le torse se courbe, la nuque ploie. Le sol l'aimante tout entier vers une chute inexorable, un puits sans fin » (p. 42, l. 3-5).

• _Dénoncer le chaos de la guerre_

Peinture saisissante des effets ravageurs de la guerre, _Le Message_ décrit un pays « exigu qui ne compt[e] que trois millions d'habitants » (p. 90, l. 31-32), dévasté par des conflits civils qu'aucune trêve ne semble pouvoir interrompre. Marie se souvient des mots de Steph pour décrire la situation : « **Ici, la destruction, la violence, la haine ont pris tous les masques**. [...] Les voisins de la veille vous égorgent. Les amis de toujours vous poignardent. Les uns comme les autres n'ont plus ni compassion, ni réflexion, ni amour. **L'horreur est partout.** Le goût du sang les rend ivres » (p. 54, l. 1-6). Un **désordre** terrifiant règne, fruit d'un conflit absurde où « les ordres fluctu[ent], vacill[ent], les groupes se divis[ent], se réconcili[ent] ; tous les cas de figure d'alliance ou d'hostilité se suiv[ent] à un rythme hallucinant » (p. 90, l. 35-37). Dans ce contexte, seuls semblent pouvoir survivre les francs-tireurs armés tel Gorgio. Confrontée à ce **chaos**, la population fuit, comme Anton et Anya, comme Steph et la foule qui avancent en direction du pont, **cherchant le salut** dans un autocar en partance. L'espace urbain porte la trace des conflits : Gorgio habite un immeuble à l'abandon, « dévasté, criblé de balles » (p. 95, l. 29), et Marie se meurt dans une rue déserte où « les arbres déracinés, la chaussée défoncée, les taches de sang rouillées sur le macadam, les rectangles béants et carbonisés des immeubles prouv[ent] clairement que les combats [ont] été rudes » (p. 39, l. 7-10). En dressant un décor en ruines, Andrée Chedid souligne la **violence de la guerre**, dont elle révèle aussi l'ampleur en évoquant les **pertes humaines** – « *hémorragies d'hommes, de femmes, d'enfants* » (p. 49, l. 14-15) et la souffrance des **victimes** – « *les massacrés, réfugiés, fusillés, suppliciés* » (p. 49, l. 7-8). **Folie absurde**, destruction apocalyptique, la guerre apparaît comme un **fléau sanglant**.

• *Un roman porté par la narratrice*

Mais l'histoire particulière de Marie, « atteinte d'une décharge dont elle était ou n'était pas la cible » (p. 39, l. 11-12) et la description du pays ravagé semblent ne pas suffire à dénoncer la guerre et la cruauté des hommes : l'autrice, rompant le fil narratif, laisse **entendre sa voix** et intervient directement (à plusieurs reprises et souvent en italiques) pour **exprimer son dégoût et son incompréhension** face aux luttes incessantes et barbares. Elle **s'adresse ainsi au lecteur**, l'incite à réfléchir et à partager son indignation devant le constat effrayant d'une Histoire qui bégaie : « *Sur cette parcelle du vaste monde, sur ce minuscule îlot de bitume, sur cette scène se joue, une fois de plus, une fois de*

trop, le théâtre barbare de nos haines et de nos combats » (p. 84, l. 1-3) ;
« Ici, comme en d'autres régions, chacun retrouve des raisons de haïr, de châtier, de massacrer. Avec ses bottes gigantesques aux semelles de plomb, l'Histoire rabâche, broyant sur son passage les hommes et leurs lieux » (p. 42, l. 16-19). Se dessine alors la leçon implicite du **pacifisme**, seule valeur capable de sauver l'homme et le monde.

Le « message » du récit

! **Avertissement**
Cette partie contient des révélations sur l'intrigue.

« Les sujets que je choisis, affirme Andrée Chedid, sont en général marqués par la tragédie et par l'espérance. Je veux garder les yeux ouverts sur les souffrances, le malheur, la cruauté du monde ; mais aussi sur la lumière, sur la beauté, sur tout ce qui nous aide à nous dépasser, à mieux vivre, à parier sur l'avenir [1]. »

➤ La tragédie du monde

On retrouve cette double tension évoquée par l'autrice dans *Le Message*. Dénonciation de la guerre et de sa barbarie à travers l'histoire particulière de Marie et Steph, *Le Message* peut être rapproché du genre de l'**apologue**, récit à visée argumentative dont la fiction est au service d'une idée. L'autrice fustige [2] le fléau que constituent les conflits civils et présente une **vision réaliste et pessimiste** de la marche du monde, dans laquelle l'homme ne tire aucune leçon de l'Histoire : « *[d]epuis l'aube des temps, les violences ne cessent de se chevaucher, la terreur de régner, l'horreur de recouvrir l'horreur* » (p. 49, l. 12-13). Ce constat traduit une forme de **désespoir** : l'autodestruction de l'homme par la guerre est fatale et irrémédiable, et l'humanité n'est qu'un « *monde pervers, [un] monde exterminateur, qui consume*

....

1. Andrée Chedid, *L'Enfant multiple*, Flammarion, 1991, notice de l'autrice.
2. **Fustige** : combat, critique violemment.

ses propres entrailles, qui se déchire et se décime sans répit » (p. 50, l. 20-22). La fin du récit confirme ce pessimisme. Le geste de Steph est terrible : le jeune homme pacifiste, qui avait accepté malgré lui le pistolet de son collègue Taras, précisant que jamais il ne s'en servirait, cède à la **vengeance**. Il semble contaminé par la **violence**, sans même savoir si celui qu'il tue est responsable de la mort de Marie ; il se plie ainsi au « cérémonial légendaire des meurtres » (p. 62, l. 12-13) en temps de guerre. Cette tentation du désespoir, distillée dans l'œuvre, s'accompagne d'une **incompréhension** : comment concevoir que l'homme soit l'auteur de sa propre destruction ? Anya « se demand[e] comment et pourquoi ces peuples d'une minuscule et même planète, ces humains d'une dérisoire longévité, irrémédiablement voués à la même mort, [peuvent] répéter, multiplier, ces jeux macabres et s'en glorifier » (p. 71, l. 45-48). Tout espoir en l'homme pour changer l'ordre du monde semble impossible : « *Comment croire, comment prier, comment espérer en ce monde* » (p. 50, l. 20), s'interroge la narratrice, se faisant l'écho de Steph — « En qui, à quoi croire désormais ? » (p. 54, l. 6).

➤ Amour et espoir

Cependant, **Andrée Chedid se défend d'être rongée par le désenchantement** et d'écrire une littérature à message. Quand on l'interroge sur le sens du titre de son récit, elle rejette celui de « Message avec un M majuscule. Il s'agit simplement ici d'une **lettre d'amour** à celui qui l'attend [1] ». Il faut donc retenir de ce roman les mots adressés par Marie à Steph et le lien amoureux qui unit les deux protagonistes jusqu'à la mort. À travers une belle métaphore, l'autrice souligne dès le premier chapitre le caractère vital et inépuisable du

....
1. Extrait d'un entretien accordé au journal *L'Humanité* (16 novembre 2000).

sentiment amoureux : ce qui unit Marie et Steph relève d'« un senti-ment qui s'ensablait, s'empêtrait, s'embourbait, semblait disparaître, pour rejaillir comme une source ; un signe en ce monde fluctuant, éphémère, de résistance et de durée » (p. 41, l. 52-55).

Finalement, **de l'amour seul peut naître l'espoir** : « L'homme [est] insaisissable, l'existence, une énigme. Parfois un geste, un paysage, une rencontre, une parole, une musique, une lecture ; surtout l'amour, rach[ètent] ces ombres. Il [faut] savoir, s'en souvenir, parier sur ces clartés-là, les attiser sans relâche » (p. 71, l. 52-56). Là se trouve peut-être la leçon du *Message*, là réside sans doute son optimisme.

Une mort au ralenti

Avertissement
Ce tableau contient des révélations sur l'intrigue.

CHAPITRES 1 À 6 : LE DÉBUT DE LA TRAGÉDIE

Une jeune femme, prénommée Marie, s'effondre, touchée par une balle dans la rue déserte d'une ville ravagée par la guerre, alors qu'elle s'apprêtait à rejoindre Steph, l'homme qu'elle aime. Elle se rappelle les heureux moments de sa vie, tandis que les combats font rage.

CHAPITRE 6 : « HÉMORRAGIES D'HOMMES »

La narratrice prend la parole : elle fait le constat désespéré que l'humanité s'autodétruit.

CHAPITRES 7 À 14 : SOUFFRANCE ET ESPOIR

Marie sent sa mort proche : elle espère que quelqu'un viendra à son secours et pourra transmettre à Steph le message qu'elle venait le rejoindre.

Découvrir l'œuvre

CHAPITRES 15 À 31 : LES SECOURS

Un couple d'octogénaires, Anton et Anya, découvre Marie à l'agonie : ils veillent sur elle et essayent en vain d'aller trouver Steph. Gorgio, un jeune franc-tireur qui affirme protéger le quartier, arrive et annonce qu'il part chercher une ambulance.

CHAPITRE 32 : « FATALE PARTITION »

La narratrice fait à nouveau entendre sa voix et évoque le chaos du monde et la barbarie des hommes.

CHAPITRES 33 À 44 : HISTOIRES PERSONNELLES

Le récit livre les pensées de chaque personnage : Steph se désespère que Marie n'ait pas été au rendez-vous et tente de quitter la ville ; Gorgio, lui, se rappelle son enfance et les humiliations familiales alors qu'il se démène pour trouver du secours.

CHAPITRES 45 À 58 : CONVERGENCES VERS MARIE ET VERS LA MORT

Steph rebrousse chemin pour rejoindre Marie ; Gorgio arrive avec une ambulance. Tous se retrouvent auprès de Marie qui se meurt. Il ne reste alors plus que la haine, la vengeance et la mort.

Au chevet de Marie

MARIE

Elle est l'héroïne tragique du roman, touchée dès le début du récit par la balle d'un franc-tireur. Cette jeune photographe, « cette femme à la fois anonyme et singulière » (p. 49, l. 10), d'emblée associée à l'amour qu'elle porte à Steph, lutte courageusement contre la mort et devient l'incarnation de tous « les massacrés, réfugiés, fusillés, suppliciés » (p. 49, l. 7-8).

STEPH

Ce jeune homme de trente ans qui travaille dans un chantier de fouilles avec une équipe d'archéologues est l'amoureux de Marie. Possédant, par son métier, une bonne connaissance de l'Histoire, il s'interroge – alors qu'il attend sa bien-aimée – sur les guerres qui détruisent l'humanité. On le sait

colérique : c'est peut-être ce caractère impulsif qui le conduit à commettre un geste terrible à la fin du récit…

ANYA ET ANTON

Anton et Anya sont un couple de personnes âgées. Alors qu'ils ont décidé de fuir la ville, ils découvrent Marie allongée sur le sol. Ils décident de tout faire pour sauver cette jeune femme qu'ils ne connaissent pas : médecin à la retraite, Anton veille sur la mourante tandis qu'Anya part avec la lettre de Marie à la recherche de Steph. Anton et Anya – sorte de double du couple que forme Marie et Steph – représentent la générosité et la fraternité luttant contre la folie meurtrière des hommes.

GORGIO

Gorgio est un franc-tireur qui a pris part à la guerre pour s'opposer à son père, un avocat méprisant. Pour sauver Marie, qui lui rap-  pelle sa mère, Gorgio obéit à Anton qui lui demande d'aller chercher une ambulance. Quelle est sa responsabilité dans la mort de Marie ? Le récit ne nous le dira pas... mais il souligne l'évolution positive de ce person- nage. L'homme-guerrier qui tenait fièrement son arme la délaisse pour sauver la vie d'une jeune femme, tandis que Steph, qui prônait le pacifisme, cède à une sanglante vengeance...

■ Au bord du Nil dans le vieux Caire, le long de la rive orientale, 1920, Le Caire, Égypte.

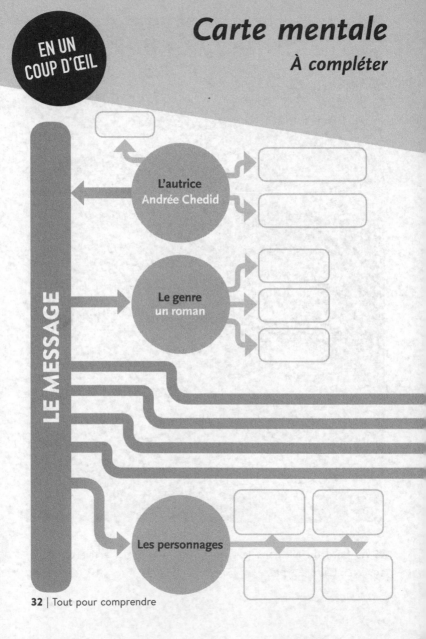

Carte mentale
À compléter

L'autrice
Andrée Chedid

Le genre
un roman

LE MESSAGE

Les personnages

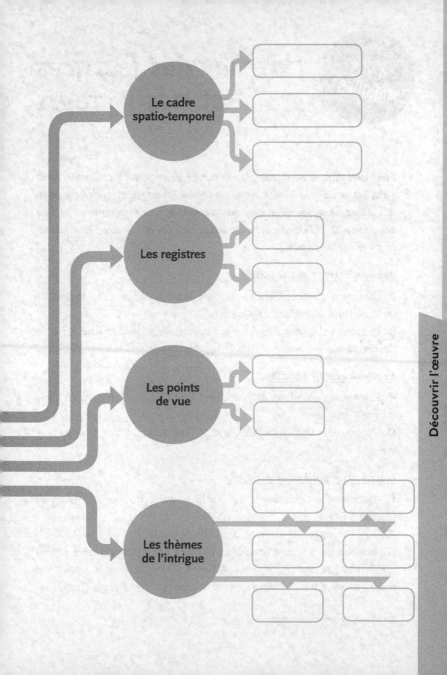

Le cadre
spatio-temporel

Les registres

Les points
de vue

Les thèmes
de l'intrigue

L'atelier des lectrices et des lecteurs

Pour lire efficacement, annotez le texte ! Vous pouvez souligner, surligner, écrire dans la marge et même corner les pages ou coller des post-it... Aidez-vous des questions qui suivent. Et pour récapituler ce que vous avez lu, utilisez la fiche de lecture en fin d'ouvrage : complétez-la au fur et à mesure !

Avant d'entrer dans le texte

A. Quelles hypothèses, sur le récit que vous allez lire, l'illustration de la couverture vous permet-elle de faire ?

B. Le roman s'appelle *Le Message* : qui peut en être l'émetteur ? et le destinataire ? Proposez plusieurs hypothèses et justifiez-les.

L'essentiel au fil du texte

C. Relevez les éléments qui indiquent que l'intrigue se déroule dans un pays en guerre.

D. Notez les caractéristiques du récit (forme, énonciation, points de vue...).

Notez vos premières impressions

E. Qu'avez-vous ressenti à la lecture de cette œuvre d'Andrée Chedid ? Expliquez.

F. Quel est votre personnage préféré ? Pourquoi ?

G. Trouvez un passage (quelques phrases ou un paragraphe entier) emblématique de l'œuvre (c'est-à-dire qui le représente le mieux) ou que vous avez trouvé fort. Notez-le et justifiez aussi votre choix.

LE MESSAGE

Andrée Chedid

Note sur la présente édition : la mention de chapitres ne figure pas dans l'édition originale du roman (Flammarion, 2000) ; nous l'avons ajoutée, entre crochets, pour faciliter le repérage dans le texte.

*À ma petite-fille Émilie, qui m'a remise
sur les traces de ce récit.*

Elle photograph
↑*Marie*

[1]

Tandis qu'elle avançait à grands pas la jeune femme sentit soudain, dans le dos, le point d'impact de la balle. Un mal cuisant[1],
aigu, bref.

Il lui fallait à tout prix arriver à l'heure dite. La rue était
5 déserte. Elle continua sa marche, comme si rien ne s'était passé.

L'illusion ne dura pas.

Autour, les arbres déracinés, la chaussée défoncée, les taches
de sang rouillées sur le macadam, les rectangles béants et carbonisés des immeubles prouvaient clairement que les combats avaient
10 été rudes ; et la trêve[2], une fois de plus, précaire[3].

Marie venait d'être atteinte d'une décharge dont elle était ou
n'était pas la cible. Mais sa plaie était bien réelle. Elle replia son
bras vers l'arrière pour palper cette plaie, puis contempla avec
horreur sa main baignée de sang.

15 Marie ne veut pas en savoir plus. La douleur l'a brûlée, transpercée, et, d'un seul coup, lâchée. Cette blessure n'est peut-être
que superficielle. Il faut l'ignorer, ne pas en retenir l'image. Faire
comme si rien ne s'était passé ; ce qui compte, à présent, au-delà
même de sa vie, c'est d'arriver à l'endroit où Steph l'attend. À
20 vingt minutes à pied d'ici ; devant la tête de pont[4], à l'angle du

....

1. **Cuisant** : qui produit une sensation douloureuse analogue à celle d'une
brûlure.
2. **Trêve** : arrêt provisoire des combats ; cessez-le-feu.
3. **Précaire** : dont l'avenir, la durée ne sont pas assurés ; instable, incertaine.
4. **Tête de pont** : point où une armée prend possession du territoire ennemi.

parapet [1] en ciment gris. Elle imagine déjà Steph agitant ses bras à son approche, avant de se précipiter à sa rencontre.

Steph habite beaucoup plus loin, à l'autre extrémité de la ville, parmi les collines, près du chantier de fouilles où il travaille
25 depuis deux ans avec une équipe d'archéologues de différentes nationalités. Plusieurs heures lui auront été nécessaires pour parvenir à leur rendez-vous. Il a sans doute dû se faufiler entre les combattants, courir, s'arrêter, se dissimuler, reprendre souffle, repartir. Son courage domine toujours les événements. Arrivée à
30 proximité du pont, Marie l'aurait aperçu de très loin à cause de sa haute taille. Steph a de larges épaules, un ventre et des jambes musclés, des cheveux d'ébène [2], des yeux verts. Elle le trouve beau. Il est beau ; on le remarque partout.

Steph affronte les dangers, déjoue les pièges. Il est fantaisiste [3]
35 et réfléchi, téméraire [4] et responsable. Il est sur place, il l'attend ; elle en est persuadée.

La sachant ponctuelle, il pourrait se méprendre sur son retard ; quelles que soient les circonstances, l'un comme l'autre arrivent toujours à l'heure précise.

40 Après leur dernière rupture, Steph avait cherché à la retrouver, mais le souhaitait-elle aussi ? Il se l'était sans doute demandé et ne le savait pas encore. Ils s'aimaient depuis l'enfance ; dans le tumulte et la passion, mais au-delà de toute mesure.

« Au-delà de toute mesure ! » répétait souvent Steph sur un ton
45 à la fois impatient et ironique.

Il s'en voulait parfois de ne pas savoir résister à cette fascination réciproque, malgré leurs natures différentes et leurs tempéraments opposés.

....

1. Parapet : muret de faible hauteur, destiné à servir de protection, de garde-fou.
2. Des cheveux d'ébène : des cheveux noirs, comme le bois du même nom, l'ébène.
3. Fantaisiste : qui n'est pas sérieux ; original.
4. Téméraire : imprudent, aventureux.

En dépit de nombreux conflits, Marie ressentait aussi la vita-
50 lité, la permanence de leur lien. En quel lieu intime de leur être
s'enracinait ce sentiment enfoui au fond d'une terre mouvante
où logeait cet indéfectible [1] amour ? Un sentiment qui s'ensablait
s'empêtrait, s'embourbait, semblait disparaître, pour rejaillir
comme une source ; un signe, en ce monde fluctuant, éphémère,
55 de résistance et de durée.

[2]

Tous les feux de midi s'emparent de la forme vacillante de
Marie. Son visage s'embrase, son jeune corps lutte et se cramponne à un équilibre de plus en plus fragile.

Autour d'elle, le périmètre déserté ressemble à une piste de
5 cirque, soumise aux implacables [2] projecteurs d'un soleil
incandescent.

L'été se déploie avec faste. Le ciel marivaude [3], rieur. Quelques
nuages laiteux flottent, allègres [4], avant de se dissoudre lentement
dans la nappe lisse et bleue.

10 La nature est au calme, sereine. Les oiseaux ont déserté.

De ténébreux insectes invisibles, casqués comme des belligérants [5] de science-fiction, munis de terrifiantes antennes, pour-
suivent sous terre leurs sombres destins de prédateurs. À leur

....

1. **Indéfectible** : éternel, indestructible.
2. **Implacables** : inévitables, impitoyables.
3. Le verbe « marivauder » est créé à partir du nom du dramaturge du
XVIIIᵉ siècle Marivaux, auteur de pièces légères et badines, mettant en scène des
jeux de séduction ; ici, la personnification sert à évoquer un ciel lumineux, gai.
4. **Allègres** : pleins d'entrain, vifs.
5. **Belligérants** : qui participent à la guerre, combattants.

image, les hommes, armés, belliqueux [1], se sont remis une fois de
15 plus en état de guerre et de carnage.

Ici, comme en d'autres régions, chacun retrouve des raisons
de haïr, de châtier, de massacrer. Avec ses bottes gigantesques aux
semelles de plomb, l'Histoire rabâche [2], broyant sur son passage
les hommes et leurs lieux.

[3]

Sous le soleil féroce, rapace, Marie se débat.

Marie sermonne son corps, lui ordonne de faire face, de lutter.
Par moments, ce corps se disloque : les genoux cèdent, le torse
se courbe, la nuque ploie. Le sol l'aimante tout entier vers une
5 chute inexorable [3], un puits sans fin.

Marie reprend les rênes, se ressaisit, tient tête à cette chair en
perdition. Sa pensée se mobilise, interroge, inspecte les muscles,
les tissus qui se relâchent, les mains qui s'amollissent, les pieds
qui glissent. Elle tente de se rassurer, se persuade qu'elle parvien-
10 dra à tout dominer, à soumettre cette charpente [4] à sa volonté, à
son désir violent d'avancer et de se garder en état, jusqu'à la
rencontre...

Elle le dirigera ce corps, il se dressera sur ses deux jambes,
celles-ci se mobiliseront pour franchir la distance, pour traverser
15 le temps qui sépare Marie du pont et de son amour retrouvé.

Marie déploie sa volonté, toute son habileté ; elle parle à son
corps et le flatte : « On y va ensemble, tu n'abandonnes jamais,

....

1. **Belliqueux** : qui aiment la guerre, qui la recherchent.
2. **Rabâche** : radote, c'est-à-dire se répète continuellement, d'une façon
désagréable.
3. **Inexorable** : que rien ne peut arrêter ; implacable, fatale, inévitable.
4. **Charpente** : ici, le mot désigne le squelette, le corps de Marie.

tu es solide, tu es fait pour durer… » Elle lui parle comme s'il
s'agissait de quelqu'un d'autre, comme si la chair et l'esprit
20 étaient soudain séparés et qu'il lui fallait à tout prix les rassembler, les réunir pour vivre encore. Pour vivre !

Elle songe à emprunter des raccourcis, sans doute plus
périlleux que cette large rue déserte qui file en ligne droite
jusqu'au fleuve, mais où une balle risque encore de l'atteindre.
25 Elle connaît à fond cette cité ; elle y est née et y travaille depuis
plus d'un an comme reporter-photographe, ses déplacements à
travers d'étroites ruelles elle saurait en venir à bout.

Mais le sang coule largement de sa blessure. Au dos de son
chemisier jaune qu'elle vient de tâter une fois encore, la tache
30 rouge s'agrandit, s'amplifie.

Elle veut toujours l'ignorer. Elle l'ignore.

[4] leur rencontre (flashback)

C'était loin. C'était jadis, il y a plus de vingt ans ! À trente
ans, on peut déjà dire : « Il y a vingt ans, je faisais ceci, j'étais avec
ceux-là… » Les chiffres impressionnent toujours ; avec le temps on
s'y habitue, peut-être ? Il faut, peu à peu, s'y faire, pour plus tard,
5 pour après, quand viendra la vieillesse.

C'était loin, jadis. Ici, dans ce pays méditerranéen de leur
enfance avant qu'ils n'émigrent vers l'Europe tous les deux.

Un grand mariage, celui du frère aîné de Steph. La cérémonie
religieuse fut suivie d'une réception dans la vaste maison fami-
10 liale : orchestre, buffet, boissons, vœux et plus d'une centaine
d'invités.

Cela brillait, résonnait en sonorités et en couleurs. Des
femmes en robes de juin, aux étoffes mouvantes et bariolées[1].
....
1. **Bariolées** : colorées de tons vifs.

Des hommes en costume sombre, rayé, qui mettaient leur
15 coquetterie dans le choix de leurs cravates ramenées de Londres
ou de Paris.

Steph avait dix ans. En minaudant[1], une jeune femme lui
avait tendu un verre de champagne. La liqueur lui avait plu ; il
avait bientôt vidé le fond d'autres verres abandonnés sur les
20 tables.

Marie, entraînée dans ce lieu par ses parents, amis des jeunes
époux, avait résisté avant de venir.

« Tu t'amuseras. Il y aura des enfants de ton âge », insistait
sa mère.

25 À la fois égayé et surpris par l'effet de la boisson, Steph se
dirigeait en titubant vers le large escalier de marbre qui grimpait
vers les chambres. Marie l'aperçut tandis qu'il s'effondrait avant
d'atteindre les premières marches. Elle courut vers lui, pour
l'aider à se relever.

30 Il la repoussa :

« Je me relève tout seul. Je n'ai pas besoin qu'on m'aide. »

S'accrochant à la rampe, il entama sa montée.

Elle le suivit des yeux tandis qu'il gravissait, dignement, les
marches.

35 Arrivé au premier palier, il se retourna. Toujours cramponné
à la rampe, il la salua de sa main libre :

« Amuse-toi », lui lança-t-il.

Elle remarqua son sourire moqueur, son regard fulgurant.

Toutes ces mondanités ennuyaient Marie ; cette mise en scène,
40 la robe à traîne, les falbalas[2] ; ensuite le babillage[3] des invités,
les compliments du bout des lèvres :

....

1. **En minaudant** : en affectant des manières pour attirer l'attention ou
plaire.
2. **Falbalas** : ornements excessifs et ridicules.
3. **Babillage** : action de parler beaucoup, d'une manière futile et inutile.

« La mariée est si belle, les parents si émus, que de fleurs, quel magnifique buffet. Tout ça a dû coûter des sommes fabuleuses… Ils en ont les moyens… »

45 Marie se sentait encerclée, prise dans les filets d'un monde de convenances [1] :

« Je ne me marierai jamais comme ça », se promettait-elle.

Des adultes s'approchaient, la harcelaient de questions. Elle se sentait ridicule, engoncée [2] dans cette robe de taffetas blanche
50 et rose : « Je ne m'habillerai plus jamais comme ça. »

« Comme tu as grandi, quel âge as-tu ? À qui ressembles-tu ? Je crois que c'est à son père, non à sa mère, plutôt à sa grand-mère… À quelle école vas-tu ? Qu'est-ce qui te plaît : l'histoire, la géographie, les rédactions… Fais-tu de la danse ? »

55 Personne ne se souciait de ses réponses. Suivaient alors des baisers vite donnés, vite reçus, vite oubliés. Elle eut envie de fuir. Puis, l'orchestre se mit en branle.

Alors Marie écarta les bras, se dressa sur la pointe des pieds et s'envola !

60 Se faufilant parmi les danseurs, elle virevolta comme une hélice. Les yeux mi-clos, Marie improvisait sa danse, inventait sa liberté. Marie tournait, tournait, jusqu'au vertige. C'était bien ! C'était bon. Elle se sentait dans sa peau. Le rythme s'emparait de son corps, de son souffle. Elle était ailleurs. Ça ressemblait
65 au bonheur.

Attiré par la musique Steph était lentement revenu.

Assis sur les dernières marches, il regardait Marie tourbillon-ner parmi la foule. Cette danse solitaire, enjouée, désinvolte [3], lui avait plu. Il se retint pour ne pas applaudir.

70 L'un et l'autre ne devaient plus se revoir avant une dizaine d'années.

....

1. **Convenances** : règles en usage dans la société ; bienséances.
2. **Engoncée** : l'air guindé.
3. **Désinvolte** : légère.

La balle est dans son dos.

[5]

Marie a du mal à garder les yeux ouverts. Elle tente de maîtriser son regard, malgré elle ses paupières se rabattent. Elle se concentre sur ses yeux et cherche à les imaginer globuleux, puissants comme des phares. Elle les écarquille, elle compte sur eux,
5 elle les souhaite éveillés, vigilants. Elle a besoin qu'ils la guident et la conduisent jusqu'à Steph.

Peu à peu il lui faut admettre qu'elle ne pourra pas résister plus longtemps à l'écroulement. Son attention se dilue, son corps devient flasque, spongieux[1]. L'évidence qu'elle rejette s'impose.
10 La balle s'est logée entre ses épaules, la blessure pourrait être fatale : elle commence à se l'avouer. Il lui reste tout juste le temps d'avancer lentement, obstinément, pas à pas, vers Steph, et de crier dès qu'elle l'apercevra :

« Je suis là. Je suis venue ! Je t'aime, je t'aime… »
15 Peut-être qu'alors la vie refluera de nouveau. Ou bien pourra-t-elle, au moins, mourir entre ses bras.

Malgré leurs conflits, leurs disputes, leurs séparations ; malgré les étapes parfois chaotiques de leur relation ; malgré leurs brouilles, leur tohu-bohu, leurs controverses[2] ; ils s'étaient un
20 jour promis de ne pas disparaître sans s'être retrouvés. Aux moments les plus abrupts, les plus tumultueux, ils renouvelaient cette promesse :

« Quels que soient nos chemins, aux derniers jours je serai auprès de toi.
25 – Moi aussi. »

Ils riaient, pour dissiper le ton mélodramatique[3] de ces paroles. Ils riaient beaucoup ; d'eux-mêmes et de l'existence. Ils

....

1. **Spongieux** : qui rappelle la consistance de l'éponge, c'est-à-dire mou.
2. **Controverses** : discussions vives, débats, polémiques.
3. **Mélodramatique** : proche du mélodrame, excessif dans le registre pathétique.

se sentaient plus vivants, plus invulnérables, grâce à ce serment,
à ce filin d'acier qui les reliait à jamais. L'existence en devenait
30 aventureuse, mais apaisante ; audacieuse mais protégée.

Au loin des coups de feu crépitent. Une rafale, une autre ; puis
une autre encore. Depuis un mois la ligne de tir s'était pourtant
éloignée de ce quartier.

Parfois quelques francs-tireurs [1], nichés entre les ruines,
35 prennent plaisir à une chasse individuelle, compétitive ; aussi
enivrante que celle d'un chasseur à l'affût du gibier. Ces combattants solitaires arborent [2] des allures de chef, s'attifent de [3] vêtements de combat, se bardent de [4] lanières de cuir. Porter une arme
leur confère un statut, flatte leur virilité [5]. Ils ont rapidement
40 appris à manier fusil, revolver, mitraillette, à viser de loin pour
atteindre la victime bien au centre du dos ; ou bien de face, en
pleine poitrine, en plein cœur :

« Touché ! »

Souvent ils ignorent la cible, et dans quel but ils ont cherché
45 à l'atteindre. Tout devient prétexte à abattre, à détruire ; avoir un
ennemi confère de l'importance. Chacun se prend pour un héros,
se pavane [6] en imparable guerrier, ces combattants sans disci-
pline inspirent la crainte et, croient-ils, le respect. Quels que
soient leurs camps, ils se sentent investis de l'approbation des
50 leurs. Ils se jugent importants, indispensables à une cause souvent fluctuante ; certains chefs usent d'eux avec profit. Fiers-à-
bras, bravaches [7], autonomes, leur propre intrépidité [8] les exalte.

....

1. **Francs-tireurs** : combattants qui n'appartiennent pas à une armée régulière ;
qui mènent une action indépendante.
2. **Arborent** : affichent.
3. **S'attifent de** : revêtent des.
4. **Se bardent de** : se couvrent de.
5. **Virilité** : ensemble des attributs et caractères de l'homme adulte.
6. **Se pavane** : marche avec orgueil et fierté, parade.
7. **Fiers-à-bras, bravaches** : termes synonymes qui désignent de faux braves qui
font les fiers ; fanfarons.
8. **Intrépidité** : audace, courage, hardiesse.

Exténuée[1], Marie se redresse une fois encore.

La rue tangue, grisaille. Avec fermeté elle pose son pied sur le
55 sol, fait un pas en avant, suivi d'un second, d'un troisième. Elle
les compte, scrupuleusement, à voix haute :

« Sept, huit, neuf… »

Au fur et à mesure, l'air s'épaissit, l'emmaillote, l'étreint. Il lui
semble marcher dans un nuage de plâtre ; se cogner soudain à
60 une palissade en papier mâché. Les poings en avant, elle attaque
l'obstacle imaginaire, que l'effort, le choc font céder. La rue
s'éclaircit, se livre. Marie recompte :

« Dix, douze… quinze. »

Les chiffres ont du mal à prendre forme dans sa tête. Du bout
65 des doigts, elle palpe son front, ses joues ; une ruche bourdon-
nante fourmille sous sa peau. Ses sensations visuelles, auditives,
tactiles ; s'affaiblissent. Le flou, le malaise la surprennent, la
stupéfient.

Elle s'agrippe à l'idée de ce pont qu'il lui faut, à tout prix,
70 atteindre. Cet espoir la lancine[2], et fait surgir du fond de son être
un dernier sursaut de volonté.

Marie résiste à l'écroulement, à la chute, et se force à exécuter
encore quelques pas. Bientôt elle ne parviendra plus à compter,
bientôt, les nombres s'égareront avant de parvenir à ses lèvres.

75 La rue se liquéfie, ondule, se dissipe. Marie étire ses bras vers
l'avant, allonge ses doigts, presque en aveugle, le plus loin possible, pour amorcer un mouvement du buste et des hanches. Ses
muscles l'abandonnent, sa nuque s'amollit, ses jambes défaillent.
Son corps redevient cotonneux, ouateux, atone[3].

80 L'angoisse de ne pas arriver à l'heure, là où Steph l'attend
dans le doute, dans l'impatience, la creuse plus cruellement que
cette balle logée entre ses omoplates.

....

1. **Exténuée** : très fatiguée, à bout de forces.
2. **La lancine** : l'obsède, la tourmente, la taraude.
3. **Atone** : qui manque de vitalité, d'énergie ; amorphe, inerte.

[6]

Comment définir cette contrée, comment déterminer ses frontières ? Pourquoi cerner, ou désigner cette femme ? Tant de pays, tant de créatures subissent le même sort.

Dans la boue des rizières[1], sur l'asphalte[2] des cités, dans la
5 torpeur des sables, entre plaines et collines, sous neige ou soleil, perdus dans les foules que l'on pourchasse et décime, expirant parmi les autres ou dans la solitude : les massacrés, réfugiés, fusillés, suppliciés de tous les continents, convergent soudain vers cette rue unique, vers cette personne, vers ce corps, vers ce cœur
10 aux abois[3], vers cette femme à la fois anonyme et singulière[4]. À la fois vivante et blessée à mort.

Depuis l'aube des temps, les violences ne cessent de se chevaucher, la terreur de régner, l'horreur de recouvrir l'horreur. Visages en sang, visages exsangues[5]. Hémorragies[6] d'hommes, de
15 femmes, d'enfants... Qu'importe le lieu ! Partout l'humanité est en cause, et ce sombre cortège n'a pas de fin.

Dans chaque corps torturé tous les corps gémissent. Poussés par des forces aveugles dans le même abîme[7], les vivants sombrent avant leur terme. Partout.

....

1. **Rizières** : terrains où l'on cultive le riz.
2. **L'asphalte** : le bitume.
3. **Aux abois** : dans une situation désespérée.
4. **Singulière** : unique, particulière.
5. **Exsangues** : très pâles, livides, qui ont perdu beaucoup de sang.
6. **Hémorragies** : au sens propre, le mot désigne de grosses pertes de sang ; employé ici au sens figuré, il renvoie à de lourdes pertes humaines.
7. **Abîme** : au sens propre, gouffre dont la profondeur est insondable.

20 *Comment croire, comment prier, comment espérer en ce monde pervers [1], en ce monde exterminateur, qui consume ses propres entrailles [2], qui se déchire et se décime sans répit ?*

[7]

Dès que la douleur s'estompe, que son attention ressurgit, Marie se sent solide et reprend confiance. Cette tragédie n'a pas eu lieu. Marie et Steph sont vivants avec leur amour d'enfance et d'adolescence, avec leur amour d'adultes à accomplir jusqu'au
5 bout.

Marie a les cheveux courts, la plage est déserte ; ils ont vingt ans, ils courent l'un vers l'autre. Ils s'atteignent, se caressent. Les grains de sable brillent sur leurs peaux.

Steph la dépasse de sa haute taille, elle se blottit entre ses
10 larges épaules. Elle y est bien. Les cheveux de Steph sont noirs, humides, bouclés ; ses joues sont fraîches, ses lèvres charnues [3]. Il lui plaît, elle le lui dit. Elle se noue à son corps et lui au sien. Ils se rapprochent. Ils cherchent un abri, le trouvent. Ils s'étendent sous une cabine dressée sur pilotis. Le sable est plus moelleux
15 qu'un lit. Il lui retire son maillot. Il la trouve belle, pulpeuse. Il ne le lui dit pas. Ils se découvrent. Ils sont deux. Ils sont un.

La mer est immense, éternelle, avec ses vagues recommencées…

....
1. Pervers : qui se plaît à faire le mal ou à l'encourager ; méchant, dépravé, corrompu.
2. Entrailles : au sens figuré, le mot désigne la partie la plus profonde de l'être sensible.
3. Charnues : pulpeuses, épaisses.

[8]

La douleur n'est plus supportable, elle se déplace, creuse, brûle, irradie. Le futur n'est plus de saison. Marie est mortelle. Terriblement mortelle. La menace fait partie du destin : cette mort en attente est sans cesse prête à bondir sur sa proie.

5 Marie se voudrait au bout d'une longue vie, ravaudée par l'âge[1]. Elle se voudrait avec Steph, très loin dans le futur, en leurs corps labourés… Ils avanceraient côte à côte. Marie se réfugie dans cette image d'avenir qui aura su résister aux intempéries des caractères et des événements.

10 Mais cela n'aura plus jamais lieu ; cette vieillesse souhaitée, ensemble, est rayée, supprimée. Ce temps lointain qui aurait eu raison de leurs apparences, mais serait demeuré fidèle à l'espoir, ne surviendra pas. Ce lien qui aurait persisté pour triompher de l'épaisseur et du tumulte des ans a disparu. À jamais.

15 Par sursauts Marie se retrouve tantôt à l'arrière, tantôt à l'avant de son existence. Les temps se rejoignent, s'entremêlent, se relient, ou bien éclatent et se dissipent.

[9]

Ayant trop présumé de[2] ses forces, Marie cherche, à présent, du secours. Si seulement quelqu'un pouvait passer ! Quelqu'un qui l'apercevrait, compatirait[3] et se chargerait du message pour

....

1. **Ravaudée par l'âge** : ici, marquée par l'âge ; au sens propre, « ravauder » signifie « raccommoder à l'aiguille, rapiécer, repriser ».
2. **Ayant trop présumé de** : ayant eu une confiance trop grande dans.
3. **Compatirait** : aurait pitié.

Steph à sa place. Ou bien un conducteur qui la mènerait en voi-
5 ture jusqu'au pont. Mais par ici les rues sont depuis longtemps
presque entièrement désertées. La population a fui ce quartier violemment bombardé au début des hostilités[1] et depuis lors,
semblait-il, tranquille, à l'abandon.

Marie avance, en vacillant, pour prendre appui contre le mur
10 le plus proche. Elle l'atteint enfin. Ses mains tâtonnent,
s'accrochent à ses aspérités[2], elle racle la surface des affiches en
lambeaux, reconnaît les pliures sous ses paumes ; des boulettes
de papier pénètrent sous ses ongles. Ces sensations la rassurent,
sa peau n'a pas cessé de ressentir, ni son esprit de constater.

15 Marie se bat, se bat encore, contre l'accident, contre elle-
même. Marie lutte, secoue la tête.

« Non. Non. Pas encore ! »

Marie étire son torse vers le haut, redresse sa nuque. Mais
ses genoux flageolent[3], ses jambes fléchissent, l'entraînent, par
20 degrés, vers le sol. Elle trébuche, résiste encore à la chute
imminente.

Marie cherche à appeler. Sa voix fait des nœuds, s'empêtre au
fond de sa gorge, s'amenuise. Un murmure frôle ses lèvres, puis
s'éteint. Elle ne crie que de l'intérieur.

25 Une douleur fulgurante la transperce de part en part. Un flux
de sang tiède s'écoule entre ses omoplates.

....
1. **Hostilités** : ensemble des opérations de guerre.
2. **Aspérités** : irrégularités, éléments saillants d'une surface.
3. **Flageolent** : tremblent, chancellent.

[10]

La jeune femme décide de ne plus s'opposer à son corps, mais de l'escorter, de naviguer avec lui. Évitant les soubresauts[1], l'inutile résistance, elle décide de l'accompagner, à travers remous et rotation. Elle ne contrariera plus ces secousses, ces sou-
5 bresauts, ces ballottements de tête, ces saccades de bras, ces tremblements, ces frissonnements. Elle fera corps avec son corps. Elle ne cherchera pas à le brusquer ni à lui imposer ses propres désirs. Elle s'en accommodera.

Marie se ménage, elle économise son souffle de plus en plus
10 chaotique et bruyant. Il faut tenir jusqu'à l'arrivée d'un passant. Cette rue ne peut rester éternellement déserte !

À l'affût d'un passant à qui confier son message, Marie demeure aux aguets. En réponse à la longue lettre de Steph, qu'elle garde précieusement sur elle depuis plus d'une semaine, il
15 faut que ce dernier sache qu'elle allait à sa rencontre. Il suffit qu'elle griffonne sa réponse sur l'envers de l'enveloppe pour qu'il le comprenne. Elle est à présent certaine qu'elle ne parviendra pas jusqu'au pont et que ses forces l'abandonnent.

« Patiente. Ne me lâche pas », murmure-t-elle à son corps en
20 déroute[2].

Dorénavant elle se laissera manœuvrer par lui, sans toutefois le perdre de vue.

Elle agit comme si elle écrivait un texte, qu'elle laisse venir à elle tout en le maîtrisant. Un texte essentiel, vital, qu'elle redoute
25 de ne pouvoir mener jusqu'à terme. Face à cette mort rapprochée, saura-t-elle tenir, lucidement, jusqu'au bout ? Pourra-t-elle conclure, boucler la dernière ligne de son existence

....
1. Soubresauts : mouvements brusques.
2. En déroute : au sens propre, qui part, qui s'enfuit ; ici, qui lui échappe, qui perd vie.

avec ces mots : « Je t'aime. Je viens à toi. » Ou du moins : « Je venais. »

30   Il faut que Steph le sache : ELLE VENAIT.

[11]

« Ici, la destruction, la violence, la haine ont pris tous les masques. » Marie connaît par cœur chaque mot de la lettre de Steph. « Les voisins de la veille vous égorgent. Les amis de toujours vous poignardent. Les uns comme les autres n'ont plus ni
5 compassion, ni réflexion, ni amour. L'horreur est partout. Le goût du sang les rend ivres. En qui, à quoi croire désormais ? »

Chaque mot de Steph se répercute. Elle éprouve la même colère, la même indignation. Aux moments graves, ils sont toujours d'accord. Pourquoi se chamaillaient-ils sur des broutilles ?
10 « Tu dis non à tout ce que je propose, se plaignait-il.

– Tu ne proposes pas, tu imposes.

– Tu as tort, Marie, je te laisse le choix.

– Tu ne t'entends pas ! »

Cela se terminait parfois par des rires. D'autres fois par des
15 mots de plus en plus acérés [1]. Alors, ils se quittaient, violemment.

À peine séparés, ils ne pensaient qu'à se retrouver. Ils s'aimaient par-delà ces disputes, cette pierraille [2] querelleuse. L'un ou l'autre téléphonait. Ils s'excusaient, se pardonnaient. Ils fixaient la prochaine rencontre. Comment se débrouillaient-ils,
20 les amoureux du temps passé sans ce fil miraculeux qui rompait les distances ?

....

1. **Acérés** : caustiques, acerbes, qui cherchent à blesser.
2. **Pierraille** : au sens propre, le mot désigne des éclats de pierre, susceptibles de blesser ; ici, il s'agit de paroles blessantes.

La lettre de Steph était enfouie dans la sacoche de cuir fixée par une ceinture autour de sa taille ; Marie se demandait par quels mouvements l'atteindre et s'en emparer. Dans la même enveloppe se trouvait une récente photo. Steph était assis au bord d'une falaise, face à la mer. Il portait le pull-over bleu qu'elle lui avait offert, il y avait plusieurs années. Il regardait au loin, il paraissait l'attendre depuis toujours.

La ville meurtrie avait été divisée en deux secteurs difficilement franchissables jusqu'à ces derniers jours. Marie, qui travaillait pour une agence de photos, portait toujours, sauf aujourd'hui, un appareil en bandoulière.

À l'opposé de la ville, et à une centaine de kilomètres, Steph avait dû abandonner ses fouilles ; le centre archéologique et le musée ayant été sérieusement détruits.

« Depuis que je côtoie quotidiennement la mort, tout me semble absurde », continuait la lettre. « Tout me paraît vain [1], en dehors de l'amour. Nous nous aimons, toi et moi. Nous le savons depuis longtemps, plus rien ne devrait nous séparer. Ni ma recherche, ni tes photos, ni mes pierres, ni tes images. Notre amour est fort, tenace, solide ; le reste est précaire. Quoi qu'il ait pu se passer, ne restons plus éloignés l'un de l'autre. Je nous vois, au bout de tous nos chemins, nous tenant encore par la main... Je t'attendrai dans une semaine, ce sera dimanche, à midi. Je serai assis sur le muret à l'angle du grand pont, comme à notre premier rendez-vous d'adolescents. Tu seras là, à l'heure, je te connais. Je t'apercevrai de loin. Mon cœur battra au rythme du tien. Tout le reste s'effacera. Je te tiendrai dans mes bras, je te garderai pour toujours. »

Chaque mot se gravait dans sa tête. Il fallait à présent tirer la lettre et la photo de sa sacoche pour y inscrire, au revers, cette seule ligne : « Je t'aime, je venais... » Puis, elle confierait cette

....

1. **Vain** : inutile, sans importance ; dérisoire, insignifiant.

carte au premier passant ; qui se hâterait de porter le message jusqu'au lieu du rendez-vous.

55 　　Quelqu'un viendra, elle s'en persuadait. Cela, au moins, serait accompli.

[12]

Marie épouse ses mouvements, accepte de vaciller, de s'effondrer lentement. Elle effectue une torsion, se retourne, se courbe en arrière, en avant, pivote doucement, comme au cinéma durant les séquences au ralenti. Sur l'écran elle aimait ces mouvements
5 circulaires de la caméra, l'allongement du geste, l'étirement des images, l'adagio [1] fantomatique, la prolongation du temps.

« Je me joue la "mort au ralenti [2]" », se dit-elle et ne put s'empêcher d'en sourire.

Éprouvant dans sa chair cet éboulement [3], ces glissements suc-
10 cessifs, elle se vit sur une toile esquissant avec grâce la danse de la mort. Le sourire se plaquait encore sur ses lèvres.

« Le central téléphonique a sauté, continuait Steph dans sa lettre, toutes les lignes sont interrompues. Plus rien ne fonctionne. Je sais où tu habites, un ami sûr te portera cette lettre. Je m'assure-
15 rai qu'elle te soit parvenue. Je porterai ton pull-over bleu, celui de cette photo. "*Remember me.*" Tu m'apercevras dès que tu débou-cheras de la grande rue... Je ne viens pas te chercher chez toi, pour te laisser la liberté de ton choix. Tu arriveras, ponc-tuelle, comme à ton habitude, à midi juste. Mais au bout d'une

....

1. **Adagio** : terme musical qui qualifie un mouvement, un rythme lent.
2. **La « mort au ralenti »** : voir « Genèse de l'œuvre », p. 18.
3. **Éboulement** : au sens propre, le mot désigne une chute de terre ou de pierres ; ici, il est employé de façon métaphorique pour suggérer que le corps de Marie s'effondre comme une construction de pierres.

heure d'attente, si tu ne viens pas, je comprendrai que tout est définitivement rompu. Que tu as pris d'autres décisions, d'autres chemins. Je t'aime. »

Avant de toucher le sol et de s'effondrer, Marie parvint à tirer l'enveloppe et un crayon de la sacoche. Elle griffonna, en lettres tremblantes : « Je venais. Je t'aime. »

L'espoir d'y arriver en personne s'était volatilisé.

[13]

Petit à petit Marie se laissait glisser sur le trottoir, l'œil toujours en quête d'un probable passant.

Personne. Il n'y a personne. La rue est vacante, le quartier entièrement déserté.

Avant d'entreprendre sa marche, elle aurait dû se méfier et deviner qu'elle serait une cible facile ; pourtant, depuis un mois tout l'environnement paraissait à l'abandon. Elle aurait dû s'habiller de gris, longer les murs ; ce chemisier jaune, cette jupe fleurie ne pouvaient qu'attirer le regard. Elle les avait choisis pour l'espoir, pour fêter cette réunion, pour célébrer cet amour. « À quoi servent les regrets ! Au moins grâce à ces coloris un piéton me remarquera aussitôt », pensa-t-elle. Marie rampe jusqu'au bas d'un immeuble, ses mains tentent de trouver un point d'appui pour se soulever un peu plus, s'agenouiller peut-être ?

Rien de cela n'est possible.

Ses longs cheveux se défont. Ils recouvrent ses épaules, voilent son visage. Elle les rejette vers l'arrière d'un faible hochement de tête.

Marie ne compte plus que sur son cri. Elle crie :

« Aidez-moi… Par ici… »

Elle crie, elle crie. Sans écho. Dans le vide.

Ses cris s'emmêlent, l'enfièvrent, ne parviennent pas à occuper l'espace. Ils montent laborieusement jusqu'à sa bouche, s'amenuisent, finissent par s'éteindre.

25 Une douleur intense la transperce et la jette à terre.

Elle gît à présent, recroquevillée, joue au sol, « dans la position d'un fœtus », remarque-t-elle.

Marie se cramponne aux dernières lueurs de sa conscience, l'œil aux aguets.

[14]

Marie s'alarme du temps qui passe, de la brusque disparition du soleil derrière un nuage. Puis, l'astre reparaît. Elle en éprouve, malgré cette chaleur accablante, une sorte de soulagement.

Non loin, une fenêtre grince. Marie, qui ne peut ni bouger ni
5 se retourner, se pelotonne, autour de ce qui lui reste de vie, cette vie prise aux filets de sa conscience et qui se débat, cherchant à lui échapper.

Une porte s'ouvrira peut-être ? Quelqu'un l'apercevra peut-être ? Quelqu'un lira la lettre, l'emportera avec la photo, atteindra
10 le pont, et Steph saura qu'elle est avec lui, auprès de lui, à jamais, que seul un accident a interrompu sa course.

Marie s'éloigne du passé et des souvenirs. Elle ne veut être que ce présent et que cette parcelle d'avenir qu'elle cherche encore à sauver.

15 Sa fin, elle la sent proche, elle lui fait face, tandis que « vivre » s'offrait encore.

« Vivre », elle a toujours aimé ce mot, elle l'aime toujours en cette seconde comme un élan, une fontaine surgie des ombres.

Cette ville de son enfance qu'elle avait longuement quittée,
20 elle la parcourait depuis son retour en tous sens, s'émerveillait de

ses beautés, s'indignait de ses misères. Son amour pour Steph, tourmenté et radieux, l'accompagnait partout. Cet amour stabilisait, centrait son existence ; tandis que d'autres passions, éphémères, s'étaient dissipées au cours des saisons.

25 Mais en ce jour l'Histoire avait eu raison de son histoire, Marie faisait soudain partie de ces vies sacrifiées, rompues, écrasées par la chevauchée des guerres. Les violences issues de croyances perverties, d'idéologies[1] défigurées, de cet instinct de mort et de prédation[2] qui marquent toutes formes de vie, avaient
30 eu raison de sa petite existence.

[15]

Un homme, une femme poussent une porte cochère, hésitent avant de s'aventurer dans la rue. Marie ne peut les apercevoir.

L'homme se tient droit malgré son âge, sous sa casquette des cheveux blancs bouclés recouvrent ses tempes. Il remet ses
5 lunettes, scrute les toits souvent occupés par des francs-tireurs.

« Je ne vois rien. Allons-y. »

Elle lui arrive à l'épaule, sa chevelure est moins blanche, plus copieuse ; sa démarche moins ferme.

Chacun porte une valise. Ils se tiennent par la main.

10 « Tu crois qu'on a raison de partir ? demande-t-elle.

– La zone est toujours dangereuse, tout à l'heure tu as bien entendu les coups de feu... Nous serons les derniers à partir. »

....

1. Idéologies : ensemble des idées, des croyances et des théories propres à une époque, à une société ou à une classe sociale.
2. Prédation : activité des animaux prédateurs, qui se nourrissent de proies ; le mot caractérise aussi le comportement des pillards qui profitent des guerres pour s'emparer des biens d'autrui.

Il se redresse, se surveille, ne se laisse aller ni à l'inquiétude ni à la panique.

15 Elle est plus hésitante. Son corps s'est épaissi. Les années ont eu raison de son apparence. Il lui reste l'épaisseur des cheveux, la curiosité du regard, le geste juvénile[1]. Elle lâche la main de son compagnon, se retourne pour jeter un dernier coup d'œil à leur appartement abandonné. La vue de ce lieu où ils vivent
20 depuis dix ans, et de ce quartier détruit, la remplit de tristesse.

« Allons, dit-il, on repart ! Tu sais bien qu'on repart toujours, toi et moi. »

Elle sourit, il trouve toujours les paroles qui remettent en chemin.

25 « Embrasse-moi », dit-elle, lui tendant la joue.

Il la serre contre lui, pose un long baiser sur sa joue. Un frisson la parcourt, elle se sent toujours adolescente. Que d'événements traversés avant cette fin de vie ! Ils s'étaient même quittés durant plusieurs années.

[16]

Couchée sur le côté, Marie vient d'apercevoir le vieux couple. Son cœur bat furieusement. Elle garde son cri en réserve, elle ne veut pas le gaspiller ; elle attend qu'ils se rapprochent.

Elle est attentive à chacun de leurs pas, elle s'amasse, se
5 concentre autour de ce cri. Il faut qu'il soit audible, qu'il signale sa présence, qu'il les atteigne.

Son corps a renoncé à la lutte. Il se tasse, s'enroule sur lui-même, comme dans une coquille. Il ne laisse place qu'aux derniers sursauts de sa conscience, qu'aux dernières explorations de
10 son regard.

....

1. **Juvénile** : propre à la jeunesse.

Le couple avance, prudemment, l'œil aux aguets.

« Oui, tout à l'heure, j'ai entendu des coups de feu, se rappelle-t-elle.

– Pourtant c'est étrange, plus personne n'habite par ici.

15 – Sauf nous…

– Ils ont tout saccagé. Plus de téléphone, plus d'électricité, plus un seul commerçant.

– Plus rien. Pas une âme. C'est le moment de partir. Es-tu sûr qu'on trouvera des véhicules de l'autre côté du pont ?

20 – Tout à fait sûr…

– Où nous mèneront-ils ?

– On verra bien. Ce sera provisoire. Nous nous envolerons ensuite vers un pays lointain.

– C'est terrible d'être chassé de chez soi. »

25 Il lui entoure les épaules de son bras.

« Ne crains rien.

– Tant que nous serons ensemble… »

Il reprend sa main. Ils continuent d'avancer.

[17]

« Octogénaires [1] », disaient-ils sans parvenir à y croire. « C'est une plaisanterie… C'est une farce !… » Leurs jambes les portaient toujours, leurs esprits avaient toujours soif d'apprendre, de connaître. Leurs dos se redressaient d'un coup de reins. La chevelure d'Anya avait échappé au temps ; elle aimait y passer les doigts. « C'est une vraie crinière », disait-il.

Anton avait été champion de natation, il exerçait ses muscles quotidiennement, malgré sa vie de médecin qui accaparait beaucoup de son temps. Leurs enfants, leurs petits-enfants vivaient au

....

1. **Octogénaires** : âgés de quatre-vingts à quatre-vingt-neuf ans.

10 loin ; depuis ces conflits ils s'en félicitaient. Dans ce pays tout
s'était dégradé, l'entente était précaire, la moindre étincelle faisait
tout repartir. Se venger devenait un devoir. Le cérémonial légendaire des meurtres ressurgissait.

« Je hais la guerre », murmura-t-elle.

15 Anton ne l'écoutait plus. Il hésitait entre la décision de poursuivre leur marche le long de cette rue à découvert, et celle de
rejoindre le pont par le circuit de ruelles étroites. Partout, dans
tous les recoins, se cachaient des *snipers* [1], ceux-ci se déplaçaient
parfois en meute, parfois en solitaire et s'amusaient à cibler un
20 passant pour le plaisir d'allonger leur tableau de chasse.

Tout était à l'abandon. Les immeubles ressemblaient à des
squelettes avec des morceaux de murs déchiquetés, suspendus, en
étalage. Portes béantes, vitres éclatées, monceaux de détritus, de
journaux, de sacs en plastique, de linge, de nourriture, s'entas-
25 saient au bas des murs.

Anton et Anya avaient passé des nuits entières réfugiés dans
les caves. Peu à peu tous les habitants avaient déserté, enfin le
calme était revenu. Ils s'étaient accrochés à leur quartier le plus
longtemps possible.

30 « On va tout droit ou on bifurque par les petites rues ? Qu'est-
ce que tu en penses ? » demanda-t-il.

Il décidait parfois sans lui demander son avis.

Anya répondait souvent :

« Je pense comme toi.

35 — Alors restons sur la grande rue.

— Quand ils auront fini de se battre, penses-tu que nous
reviendrons… »

Elle prononça ces mots, en hésitant, comme si elle n'espérait
même plus le retour.

40 « Nous habiterons ailleurs, le monde est vaste, dit-il.

....

1. **Snipers** : tireurs embusqués (du verbe anglais *to snipe*, « canarder »).

– Ici ou ailleurs… Tout ça, pour nous, n'a plus beaucoup d'importance, n'est-ce pas ? »

Elle avait vu trop de morts, trop de sang, trop de souffrances ; entendu trop de bombes, trop de rafales. Elle s'étonnait qu'ils
45 puissent encore être là, avançant d'un même pas ; encore vivants, encore réunis. Au cœur de cette destruction elle eut soudain un sentiment de paix :

« Je t'aime », murmura-t-elle.

D'un pas plus rapide, ils dépassèrent – sans l'apercevoir – ce
50 corps qui gisait sur le trottoir d'en face.

Marie les vit, les entendit s'éloigner.

Allant le chercher au tréfonds d'elle-même [1], dans un effort gigantesque, elle poussa son cri. Un hurlement sauvage, désespéré.

55   « Tu as entendu, dit Anya, saisissant le bras d'Anton. Quelqu'un a crié, quelqu'un appelle… Écoute. »

Le cri se renouvela, déchirant l'espace.

« J'entends », dit-il.

Ils lâchèrent leurs valises, qui tombèrent sur l'asphalte avec un
60 bruit mat. Se retournant, ils aperçurent plus bas – là où la rue amorçait une légère courbe – une masse de tissu jaune et fleurie, sur le trottoir opposé au leur.

« Ça vient de là-bas », dit-elle, pointant son index vers le monceau d'étoffes.

65   Elle s'y précipita. Anton la suivit, puis la devança.

La courte distance fut rapidement franchie.

....

1. **Au tréfonds d'elle-même** : au plus profond d'elle-même.

[18]

Anton s'agenouille, examine la jeune femme, se relève et repart en toute hâte pour rapporter sa trousse de médecin. La blessure est grave, fatale.

Marie se laissait manipuler – « Je ne suis qu'une poupée de
5 son... pas de soie, de son », se répète-t-elle comme une rengaine[1]. L'air de la chanson[2] tourbillonne dans sa tête ; la berce lentement. Elle s'abandonne avec confiance.

Anton est revenu avec sa trousse, il examine la jeune femme avec application, sollicitude[3]. Un sentiment d'impuissance
10 l'étreint. Il échange un long regard avec Anya.

Celle-ci se relève, frappe aux portes, aux fenêtres des rez-de-chaussée. Elle va, elle vient, inutilement, appelle au secours, dans le vide.

« Tu sais bien qu'il n'y a plus personne. Cours plutôt vers le
15 pont pour demander une ambulance. Je reste auprès d'elle. »

Dans un effort surhumain, Marie tente de se faire comprendre... Ce qui importe, à présent, ce n'est plus sa vie, elle la sait en perdition. Ce qui importe, c'est d'arriver au pont avant que Steph ne se décourage, c'est de lui remettre la photo, avec ses
20 mots à elle inscrits au revers : « Je venais, je t'aime. »

« Prenez, lisez... » parvient-elle à balbutier, leur tendant la lettre d'une main tremblante.

Anya chausse les lunettes suspendues à son cou :

« Lisez », supplie la voix. Elle ajouta dans un souffle : « Je
25 m'appelle Marie. »

....

1. **Rengaine** : synonyme de refrain.
2. « Poupée de cire, poupée de son » est le titre d'une chanson très populaire interprétée par France Gall et composée par Serge Gainsbourg en 1965. Son refrain est : « Je n'suis qu'une poupée de cire/ Qu'une poupée de son. »
3. **Sollicitude** : bienveillance.

Anya lit, à haute voix. Elle lit et comprend l'urgence, la gravité du message. Anton ôte sa veste, l'enroule en forme de coussin pour soutenir la nuque de la jeune femme.

« J'y cours, dit Anya. J'ai compris. J'ai tout compris.

30 – La photo, c'est lui, murmure Marie.

– Je le sais. Je le reconnaîtrai. Je te le ramènerai. C'est juré », dit Anya, qui s'empare de la photo tachée de sang d'où émerge le buste d'un beau jeune homme, vêtu d'un chandail bleu éclatant. Anya revoit Anton tel qu'il était jadis. L'image colorée se

35 grave dans sa tête, dans son cœur. Anya le reconnaîtra de loin, elle le reconnaîtra entre mille !

« J'y cours !

– Toute seule ? s'en effraie Anton.

– Tu ne peux pas la laisser, tu le sais bien.

40 – Tu as raison, je reste. Vas-y, mon amour… Essaie aussi de trouver une ambulance. »

Il l'appelle souvent « mon amour », cela lui donne des ailes :
« J'y vais ! »

C'est vers sa jeunesse qu'elle court, vers la jeunesse de Marie,

45 vers leurs jeunesses confondues, entremêlées.

Anya est partie, coudes au corps. Messagère d'un amour qui lui rappelle le sien, elle trotte de toutes ses jambes. La route est grise, grise. Elle s'accroche à l'image en bleu de ce jeune inconnu. Elle hâte le pas, elle bondit, elle se presse.

50 Les mots de la lettre l'accompagnent : « Je serai sur place à midi. Je t'attendrai toute une heure. Si tu ne viens pas, je comprendrai que tout est définitivement rompu… » Elle répète ces paroles par cœur. « Définitivement », lui colle à la langue, elle recrache ce mot. Définitivement ne veut rien dire, quand l'amour

55 s'implante ça ne s'arrache pas d'un coup de colère. C'est tenace. Ça s'obstine.

Elle arrivera à temps. Il le faut. Elle s'arrête une seconde, consulte sa montre : une heure moins le quart. Quinze minutes, il ne lui reste que quinze minutes !

60 Elle court Anya, elle court, au milieu de cette chaussée, vide, exposée aux mauvais coups. Ce n'est pas le moment d'y penser. Elle voudrait se débarrasser de toutes ces années qui freinent son pas, et retrouver son corps d'adolescente. Elle s'essouffle, elle peine, mais elle ne sent plus la rigidité de ses genoux :

65 « J'y arriverai. J'arrive. »

Elle accélère. Elle remettra la lettre à Steph. Elle le reconnaîtra de loin. Elle criera vers lui, ou agitera ses bras, en brandissant la photo.

Le chemin s'étire, s'allonge... Elle le poursuit, avec opiniâ-
70 treté [1]... Elle n'a plus qu'un seul but : remettre la lettre à Steph.

[19]

Anton l'a d'abord suivie des yeux, comme pour la protéger. Puis, elle a disparu.

Il continue de l'imaginer preste [2], expéditive [3], fougueuse [4], comme jadis. Leurs voix remontent des broussailles [5] du passé :

5 « Attends, réfléchis, tu te précipites toujours. Tu conclus trop vite.

– Laisse-moi suivre mon instinct. »

Il regarde sa montre, il reste un quart d'heure avant que Steph n'abandonne. Anton se demande si Anya arrivera à temps.

10 Penché au-dessus de Marie, il la retourne sur le côté avec des précautions infinies. Ôtant sa chemise, il la déchire pour tamponner la plaie, pour arrêter ce sang qui ne cesse de se répandre.

....

1. **Opiniâtreté** : obstination, entêtement, persévérance.
2. **Preste** : rapide et agile.
3. **Expéditive** : qui achève rapidement les affaires, le travail ; efficace.
4. **Fougueuse** : qui a beaucoup d'élan, d'énergie, d'enthousiasme.
5. **Broussailles** : employé de façon métaphorique, le mot désigne les souvenirs confus du passé.

La blessure est profonde, la balle s'est sans doute logée non loin du cœur.

15 Le torse nu livré au soleil, Anton se penche au-dessus de la jeune femme et lui parle lentement. Il lui dit qu'il la sauvera. Il ment. Sachant ce qu'il sait, il souhaite tout simplement qu'elle résiste jusqu'à l'arrivée de son ami. Il y croit à cette rencontre. Il en mesure toute l'importance.

20 Marie se laisse bercer par ces paroles. Ses gémissements se calment, son visage est presque apaisé.

Anton imagine Anya à cette même place. Anya, souvent perdue, souvent retrouvée. Ni l'un ni l'autre n'ont regretté d'avoir accompli ce long chemin ; ni d'avoir parcouru cette course 25 d'obstacles de l'existence, tantôt ensemble, tantôt seuls. La durée est une conquête, il le sait.

Mais s'étaient-ils vraiment quittés ? Ils n'avaient jamais cessé, l'un et l'autre, de se faire signe, de se revoir, tout en s'accordant une tacite [1] liberté. Le temps de leur séparation s'était traversé 30 en s'efforçant de préserver l'avenir, de ne jamais élever entre eux d'infranchissables barrières.

Ils se voulaient lucides, indépendants ; mais l'angoisse les étreignait dès qu'ils croyaient vraiment se perdre. Un sentiment étrange et puissant les soudait.

35 L'âge avait labouré leurs corps, défiguré leurs faces, embrumé leurs regards ; mais ils se reconnaissaient sous toutes les flétrissures du temps [2]. Toujours surpris et se surprenant, entremêlant à travers tant d'années l'infinie variété de leurs tempéraments et de leurs visages.

40 Anton essuya les gouttes de sueur sur le front de Marie et chercha à la protéger du soleil. Il se sentait étrangement solidaire de ce jeune couple inconnu.

....

1. **Tacite** : qui n'est pas exprimée ; sous-entendue, implicite.
2. **Flétrissures du temps** : marques de la vieillesse.

[20]

La plaie s'était asséchée. Avec son large mouchoir, bordé d'ocre, Anton continua de tamponner les tempes puis le cou de Marie.

Il se baissa, murmura :

5 « Anya, ma femme, ramènera Steph. Je la connais. Elle est têtue, une vraie petite mule. »

Elle sourit. Sa blessure la faisait moins souffrir. La présence du vieil homme, le départ précipité de la femme ravivaient l'espoir. Elle s'efforça de penser à l'avenir. Elle se vit le corps 10 ployé en avant, munie d'ailes musclées qui repoussent les ténèbres du présent. Elle est dans les bras de Steph. Elle chasse les cauchemars, elle exclut les guerres. Elle ne vit que d'amour. Levant les yeux vers le vieil homme toujours penché au-dessus d'elle, elle se souvient de sa femme, et de son visage à lui, d'abord 15 terrifié, puis résolu et confiant.

Depuis leur arrivée tout a changé. Leur présence a tout transformé. Ils seront, elle le sait, auprès d'elle, jusqu'au bout...

Pourquoi a-t-elle pensé « jusqu'au bout » ? En cet instant elle ne se résigne pas ; elle ne veut pas mourir, elle ne mourra pas.

20 « Je te reverrai Steph. Je survivrai. Nous ne nous quitterons plus. »

[21]

Anton est auprès d'elle, prévenant [1], attentif, détournant souvent le regard pour interroger cette rue encore vide.

....

1. **Prévenant** : attentionné.

Marie tâtonne, cherche la main du vieil homme, tente de la saisir pour, à son tour, le réconforter.

5 « Elle...

– Elle reviendra, dit-il. Ils reviendront tous les deux. »

Dans un mouvement de tête elle fait « oui ». Elle va de mieux en mieux.

Anton braque toujours son regard en direction de cette rue 10 offerte aux dangers. Il transpire ; les rayons d'un soleil féroce ricochent sur sa peau. Il voudrait protéger Marie, la mettre sous un porche, mais il ne peut pas prendre le risque de la déplacer. Il passe de l'inquiétude à la confiance, de la crainte à l'espoir. Cette attente l'épuise. Il rassemble tout son courage, toute sa vigueur ; 15 il respire à pleins poumons. Pour la jeune femme, pour lui, pour Anya qui court : il fait appel à ses forces, à sa vitalité.

Marie soulève les paupières avec peine, elle ne s'exprime plus qu'à travers son regard. Anton serre sa main dans la sienne, la frotte pour la réchauffer, souffle dans la paume :

20 « Tout ira bien. Je le sais. »

Il parle pour elle. Il parle pour lui. Il parvient à se rassurer, à la rassurer.

[22]

Après l'avoir détruit, les belligérants ont quitté ce quartier en ruine, laissant derrière eux quelques obsédés de la gâchette.

Fusillades, pillages, atrocités étaient l'apanage [1] de tous. Les groupes se divisaient, se subdivisaient. Qui fallait-il soutenir et 5 qui haïr ?

....

1. **Apanage** : ce qui est le propre de quelqu'un ou de quelque chose ; privilège.

Dans chaque camp on arrachait des yeux, on coupait des mains, on violait, on tailladait des seins, on tranchait des têtes, on achevait d'une balle dans la nuque. Un jeune mongolien[1], que les voisins chérissaient, fut retrouvé devant la boutique de primeurs de son père, empalé[2], une énorme pomme dans la bouche. On avait forcé un violoniste à jouer, jour et nuit, sans dormir. On le cravachait[3] dès que la musique s'arrêtait. Un poète, qui avait refusé de se battre, fut emmené jusqu'au fleuve et noyé sous les applaudissements.

« Tu peux encore croire en Dieu ? demandait Anya, révoltée.

– Et toi ? Tu peux encore croire en l'humain ?

– L'humain est multiple.

– Dieu aussi. »

Jadis… c'était loin, si loin ; mais Anya s'en souvenait comme d'une image à moitié effacée, pourtant vivace. Elle se voyait à genoux dans la grande chapelle du pensionnat à la veille de la cérémonie de la confirmation[4]. Elle y était seule. Sous la coupole arrondie, accueillante, tout était blanc et calme ; mais la pâleur des statues l'avait frappée. Trop de suavité[5], trop de bouquets apprêtés[6], trop de fadeur dans cette chapelle toute neuve. Elle s'y sentit mal à l'aise. Les visions de cette ville aux ruelles souvent étroites, aux maisons imbriquées les unes dans les autres, aux visages souffreteux[7] et gris qu'elle avait côtoyés durant ses

....

1. Mongolien : personne atteinte de mongolisme, anomalie congénitale et génétique, que l'on appelle la trisomie 21, entraînant des malformations et un retard mental.

2. Empalé : tué par un pieu qui a transpercé son corps.

3. On le cravachait : on lui donnait des coups de cravache.

4. Confirmation : sacrement de l'Église catholique où le chrétien « confirme » son baptême.

5. Suavité : douceur.

6. Apprêtés : étudiés, par opposition à naturels.

7. Souffreteux : maladifs, qui laissent transparaître une santé fragile.

promenades, se pressaient autour d'elle. Elle ne comprenait pas
30 qu'une partie de ce peuple en haillons n'eût rien à faire en ce lieu.
Comment Dieu pouvait-il choisir ceux-ci plutôt que ceux-là ? Ce
Dieu des uns et pas des autres, comment l'admettre, comment
le vivre ?

« Dieu, c'est la bonté, la puissance, l'universel… s'il existe,
35 disait-elle à Anton.

– Dieu est à la fois le mal et le bien. Sinon rien ne s'explique,
répliquait Anton.

– Satan est l'image renversée de Dieu ? C'est ça que tu veux
dire.

40 – C'est un peu ça… »

Anton discutait, démontrait, s'accrochait à sa foi ; mais depuis
le début des hostilités, Anya était à vif, refusant religions et
croyances ; rejetant ces vérités exclusives qui conduisent au
carnage.

45 Elle se demandait comment et pourquoi ces peuples d'une
minuscule et même planète, ces humains d'une dérisoire[1] longévité, irrémédiablement[2] voués à la même mort, pouvaient répéter,
multiplier, ces jeux macabres et s'en glorifier[3] ? De l'Occident à
l'Orient, plus loin encore, partout, se déchaînent fureurs, intolé-
50 rances, haines, à l'image de certains drames familiaux qui ne
trouvent jamais d'épilogue[4].

L'homme était insaisissable, l'existence, une énigme. Parfois
un geste, un paysage, une rencontre, une parole, une musique,
une lecture ; surtout l'amour, rachetaient ces ombres. Il fallait
55 savoir, s'en souvenir, parier sur ces clartés-là, les attiser sans
relâche.

....

1. **Dérisoire** : insignifiante, ridicule, minime.
2. **Irrémédiablement** : définitivement.
3. **S'en glorifier** : s'en vanter.
4. **Épilogue** : conclusion, dénouement.

[23]

Anya court et s'étonne de l'énergie, de l'élan retrouvés.

Elle porte des sandales à semelles de corde, une robe au tissu léger imprimée de fougères, l'air s'y engouffre. Son soutien-gorge la serre un peu trop, elle éprouve de moins en moins la raideur
5 de ses genoux, se félicite de n'avoir pas mis de bas. Son but, le seul, c'est de retrouver le jeune homme au chandail bleu et de le ramener vers Marie.

Elle imagine le bonheur d'Anton en les voyant arriver. En lui caressant les cheveux, il dirait :
10 « Tu as réussi. Comme tu as fait vite et bien. »

Anya dévore l'espace, dévore le temps. Ses rides se dissipent, ses mains se lissent, ses cheveux ne sont plus gris mais châtains. Son cœur s'électrise, s'enflamme. A-t-il jamais cessé de brûler ?

Ses yeux voient clair. Ses yeux voient loin.
15 Anya vient d'apercevoir le pont.

[24]

Là-bas, tel un oiseau de nuit, qui ne s'assoupit que d'un œil, les griffes enfoncées dans l'écorce d'un arbre protecteur, Marie s'agrippe à la vie.

Marie se dédouble et parvient, par instants, à quitter ce corps
5 agonisant, pour le surplomber, le contempler avec détachement, avec compassion, et lui enjoindre [1] de résister.

Elle s'en veut de n'avoir pas fait signe la première à Steph, de n'avoir pas écourté leur séparation. Le travail l'avait happée, le

----

1. **Enjoindre** : ordonner expressément ; sommer.

désir de mener à terme cet album de photos, ce réquisitoire [1]
10 contre l'éternel cérémonial des guerriers.

Puis, elle en avait été la victime. Ce n'était pas prévu.

Quand Marie ferme les yeux, sa vie se déroule comme une
suite de photos qui s'éloignent, s'affadissent, s'ensablent, puis
resurgissent, limpides et claires, pour s'effacer de nouveau.

15 Elle se revoit petite fille : Marie danse, écrit, chante, souhaite
grandir vite, très vite, pour tracer son propre sillon.

Tolérants, fantaisistes, ses parents ne s'opposent pratique-
ment à rien, il lui arrive de chercher un mur contre lequel se
dresser.

20 « Tu m'as tout laissée faire, disait-elle à sa mère.

– C'est un reproche ? »

C'en était presque un.

Pourtant la liberté obtenue par ces générations-là avait été
conquise de haute lutte, elle le savait. Elle demeurait consciente
25 de ces régressions [2] en d'autres lieux de la planète, de ces femmes
écartées, momifiées, infantilisées [3], encagées en d'obscurs vêtements [4]. Il fallait rester vigilante, en alerte.

Les relations amoureuses lui paraissaient par moments trop
accommodantes [5], trop faciles, privées de vraie passion. À la
30 recherche du seul plaisir, l'amour n'enflammait plus. La durée ne
s'accommodait plus de l'air du temps.

Steph et Marie souriaient de leur amour, entre dévastation et
ravissement, se méfiaient de cette fusion – appelée ou refusée –
qui leur servait pourtant d'ancrage.

35 « Personne n'a pu me faire souffrir autant que toi…

....

1 . Réquisitoire : discours, texte qui accuse quelqu'un ou dénonce quelque chose ;
contraire de plaidoyer.

2 . Régressions : retours en arrière ; contraire de progrès.

3 . Infantilisées : considérées comme des enfants.

4 . Allusion à la *burqa*, voile couvrant le corps et le visage que portent certaines
femmes de confession musulmane.

5 . Accommodantes : faciles à satisfaire.

– Est-ce une preuve ?

– Personne ne m'a donné autant de bonheur ! »

Comment concilier la poursuite d'une vocation et la force d'un amour ? Steph avait tout quitté pour revenir au pays de l'enfance et mener à bien ses fouilles. Marie parcourait la planète et ses régions troublées, sachant Steph dans les parages elle était revenue vers ces mêmes terres elle aussi.

Il fallait tant de compréhension, de fraternité, de respect pour poursuivre ce double chemin. En étaient-ils capables ?

Le visage du vieil homme se penche avec sollicitude au-dessus de Marie. Rien n'a affadi l'animation de son regard, ni la force de sa présence et de son attention.

Marie rêve des larges épaules de Steph, de ses bras où se réfugier.

Anton décèle le moindre changement sur son visage, il demande :

« Ça va mieux ? »

Elle sourit.

« Vous verrez, tout ira… » insiste-t-il.

Il sait qu'elle n'en a plus pour longtemps, mais il se laisse pourtant berner [1], par moments, par un espoir insensé.

Elle tente de répondre : « Ça ira… », mais aucun son ne parvient à ses lèvres, elle se contente d'abaisser plusieurs fois ses paupières.

Anton caresse le front de la jeune femme :

« Tout ira… tout ira ! »

....

1. **Berner** : tromper, duper.

[25]

Autour du pont l'agitation est à son comble.

Anya se dresse sur la pointe des pieds pour tenter d'apercevoir le jeune homme au chandail bleu.

Soudain, elle le voit, il est là, un peu plus loin, assis sur le
5   muret comme il l'avait écrit.

Elle voudrait l'appeler, mais son cri se perdrait dans le tohu-bohu de cette foule. Elle approche, se fraye un chemin avec les coudes. Personne ne lui cède le passage. Elle avance comme dans les cauchemars, les membres ligotés. Elle lance son cri :
10   « Vous, là-bas, assis près du pont… Steph ! »

Sa voix se noie dans le vacarme.

Des gens de tous âges fuient la ville et se pressent en direction du pont. On aperçoit, de l'autre côté, des camions en attente qui emmèneront les réfugiés vers des campements installés en toute
15   hâte. Parfois une automobile, ou un taxi, pleins à craquer, tra-versent le pont en klaxonnant.

Anya regarde sa montre. Il est bien plus d'une heure. Le temps du rendez-vous est largement dépassé.

La plante de ses pieds la brûle. Anya cherche son souffle au
20   fond de sa poitrine, elle a du mal à le saisir. Engluée dans cette masse mouvante, elle est comme vissée sur place. Chaque seconde perdue la désespère.

Elle supplie qu'on lui cède le passage. La foule forme un trou-peau, des centaines de corps, avec une seule tête, une seule
25   volonté : celle de fuir.

Elle pousse, elle cogne, elle injurie. Ça ne lui ressemble pas. Personne ne la reconnaîtrait, même pas elle-même ! Elle bataille, elle s'enrage, elle combat avec énergie.

« Laissez-moi passer. Je dois passer. C'est urgent. »
30   On la freine, on la retient :

« C'est urgent pour chacun.

– Quelqu'un se meurt.

– Des centaines sont morts. »

Elle griffe, elle repousse, elle fonce. Ses cheveux sont hir-
35 sutes [1], dénoués. Elle a une tête de méduse [2], de sorcière. Elle
avance en cognant.

Elle s'extrait enfin de la foule et accède à l'entrée du pont. Elle
n'est plus qu'à quelques pas du parapet où elle a entrevu, il y a
quelques minutes, le jeune homme au chandail bleu.

[26]

Le soleil pèse sur les épaules d'Anton. Il se tourne souvent
avec inquiétude vers la rue, espérant apercevoir sa femme. Mais
cette rue est désespérément vide. A-t-il bien fait de la laisser
partir seule ?

5 Dès qu'il se penche au-dessus de la jeune femme, Anton
s'efforce de lui offrir un visage tranquille.

Il cherche à se souvenir d'une berceuse, ou d'un poème. Seuls
un chant ou un poème auraient un sens au cœur de ces instants
si ténus [3], si essentiels entre mort ou vie.

10 Anton scrute sa mémoire, cherche une mélodie ou quelques
vers éparpillés. L'angoisse d'avoir perdu Anya l'étreint si fort que
la musique et les mots fuient.

Il se met alors à chantonner n'importe quoi.

Marie, les yeux mi-clos, aspire chaque sonorité, capte chaque
15 syllabe.

....

1. Hirsutes : désordonnés.

2. L'auteur compare Anya à Méduse, une des trois Gorgones, monstre fabuleux
de la mythologie grecque dont la chevelure était constituée de serpents et dont
le regard pétrifiait quiconque osait la regarder.

3. Ténus : fins ; ici, fragiles.

Anton le ressent. Il chante de mieux en mieux.

Des paroles claires qu'il module à sa façon : des consonnes, des voyelles, des syllabes, de plus en plus scandées [1] et libres.

Anton se laisse aller à son propre rythme. Son corps se
20 balance, son esprit suit.

Une même cadence s'empare de la jeune femme, traverse, par vagues, son immobilité.

[27]

La foule était de plus en plus agitée, de plus en plus dense. Anya n'aperçoit plus le jeune homme assis il y a quelques minutes sur le muret. Il a rejoint la foule. Son corps s'est enfoncé dans la masse des autres corps, sa tête surgit d'entre toutes les têtes
5 par sursauts.

Anya tire de sa poche la photo, elle la brandit à bout de bras, au-dessus de la masse humaine, elle l'agite en tous sens, elle crie :

« Steph ! Steph ! »

La foule crie plus fort ; parmi toutes ces clameurs Steph ne
10 peut entendre l'appel d'Anya. Il pénètre dans la mêlée. Son corps se perd parmi d'autres corps. Sa tête surgit par saccades, puis disparaît.

Anya continue d'exhiber la photo, s'agrippe aux uns et aux autres, les harcèle de questions :
15 « Le jeune homme en chandail bleu, où était-il ? Tout à l'heure il était là, assis sur le muret. Vous l'avez vu ? Où est-il à présent ? »

Elle s'en veut de n'avoir pas couru assez vite. On la repousse brutalement, la photo a failli lui glisser des mains, elle la remet
20 au fond de sa poche. Elle crie :
....
1. **Scandées** : prononcées avec rythme.

« Le jeune homme au chandail bleu. J'ai un message pour lui ! »

Elle veut qu'il l'entende.

Anya n'est plus elle-même, elle n'est plus que colère, que dés-
25 espoir. Plus qu'un cri... Rien qu'un cri qui s'efforce d'atteindre Steph. Un cri qui tente de surmonter les clameurs de cette foule chaotique.

Un autocar vient de s'engager sur le pont ; apeurée, la foule recule pour le laisser passer. C'est la bousculade. Le véhicule
30 avance à bonne vitesse. Anya vient d'apercevoir Steph.

« Arrêtez, arrêtez Steph ! Marie... »

Le vacarme est intense. Steph n'entend rien. Anya continue de l'apercevoir tandis qu'il s'éloigne, tandis qu'il s'agrippe à un bras tendu vers lui hors de l'énorme machine. Ce bras le hisse sur le
35 marchepied. Puis Steph disparaît à l'intérieur du car.

Anya agite ses bras, s'égosille. Les vrombissements du moteur, les coups de klaxon enterrent sa voix.

Bousculée par la foule, elle s'immobilise, la bouche ouverte, comme figée dans du plâtre.

40 Enveloppé de nuages de poussière, rebondissant sur ses pneus géants, l'énorme véhicule emportant Steph, poursuit sa route jusqu'à l'autre bout du pont.

[28]

« Personne, se dit le vieil homme, de plus en plus inquiet, je ne vois personne au bout de cette rue. Pourvu qu'il ne lui soit rien arrivé. »

La rue dévale en pente légère jusqu'à l'endroit où il se tient, il
5 pourrait apercevoir Anya de très loin. Toute cette cité est bâtie

sur de petites collines qu'ils descendaient jadis, tous les deux, à bicyclette, ou qu'ils remontaient en peinant.

Anton ne chante plus. Ni le rythme ni les mots ne parviennent à enrayer son angoisse. Il jette un coup d'œil sur sa montre, cela 10 fait plus d'une heure que sa femme est partie.

Soudain, il entend des pas derrière lui. Des pas lents, des pas lourds. Anton se retourne et aperçoit un étrange jeune homme qui s'avance.

Ce dernier porte un képi au rebord tourné vers la nuque, de 15 hautes bottines de cuir malgré la chaleur, un pantalon en treillis, un ceinturon de cuir. Sa chemise n'a rien de militaire : elle est large, blanche, flottante.

Il tient négligemment une mitraillette sous le bras :

« Qu'est-ce qui se passe ici ? » demande-t-il avec autorité.

[29]

Exténuée, anéantie, la vieille recule jusqu'au parapet et s'y adosse. Elle laisse passer quelques minutes avant de relire la lettre.

À chaque mot un lambeau de sa propre jeunesse lui est arra- 5 ché. Bouleversée à l'idée que celui qui était éloigné à la suite d'une erreur, d'un malentendu, aurait pu être son propre compagnon, elle n'a plus qu'une idée : rejoindre Anton, au plus tôt, avant qu'un autre malheur n'arrive.

Elle reprend son chemin à rebours.

10 Dans sa tête tout est confus. Que faudra-t-il dire à la jeune femme ? Comment annoncer ce malheur ?

Pour courir jusqu'au pont Anya avait eu des ailes. Au retour, son corps se plombe, ses jambes sont molles, cotonneuses, elles fléchissent à chaque pas. L'idée qu'Anton avait pu, durant sa

15 courte absence, être blessé, tué peut-être, et qu'elle retrouverait
son cadavre, étendu auprès de celui de la jeune femme,
l'épouvante.

Elle se force à avancer plus vite.

Une douleur lancinante la traverse, puis s'agrippe à sa poi-
20 trine. Son cœur s'accélère.

Elle se fait violence pour hâter le pas.

[30]

« Qu'est-ce qui se passe ici ? » redemande le jeune homme à
la mitraillette.

Anton le scrute du regard. À qui a-t-il affaire ? Sans doute à
un franc-tireur. Un certain embonpoint rembourre les traits aigus
5 de son visage, lui donnant un aspect débonnaire [1], malgré sa voix
cassante. Son regard sombre exprime le défi, sa bouche esquisse
une moue enfantine, presque tendre.

Pour la troisième fois il pose sa question :

« Qu'est-ce qui se passe ici ? »

10 Anton hésite, faut-il l'affronter ou l'apprivoiser ? Ne se trouve-
t-il pas face au franc-tireur dont la balle avait atteint la jeune
femme ? En ces temps agités il fallait se méfier de tous. On
était amis, puis subitement ennemis. Les haines se greffaient à
toutes les branches. Le pays était devenu un véritable coupe-
15 gorge.

« Réponds-moi », reprit le jeune homme s'impatientant.

Les paroles d'Anton traversèrent ses lèvres plus vite que sa
pensée ; il s'entendit dire :

....
1. Débonnaire : plein de bonté.

« Un inconnu a tiré sur elle. Aujourd'hui on ne sait plus recon-
20 naître l'ami de l'ennemi. »

Le jeune homme plia un genou, posa son arme sur le sol, fixa
le visage de craie[1] de la mourante. Puis, se retournant vers le
vieil homme :

« C'est trop bête, c'est pas de chance. Est-ce que c'est grave ? »
25 De peur que Marie ne l'entendît, Anton entraîna l'autre un
peu plus loin.

« Pas trop grave. J'attends l'ambulance que ma femme est
partie chercher.

– Vous êtes son père… Plutôt son grand-père ?
30 – Non… je passais par là. »

Puis il osa :

« Vous passiez par là ?

– Mais vous ? Qui êtes-vous ? » osa Anton.

Sa question à peine posée, il vit passer dans le regard de
35 l'autre un éclair de cruauté, qui s'effaça aussitôt :

« Moi, je protège le quartier.

– Contre qui ? »

Il hésita quelques secondes, puis sur un ton assuré :

« Contre l'ennemi.
40 – Quel ennemi ?

– Je sais le reconnaître.

– Le quartier est en ruine. Plus personne n'habite ici. Nous
étions les derniers.

– Je suis toujours à mon poste. Je veille.
45 – Tout seul ?

– Tout seul ! »

Une fois de plus, Anton se demande si le meurtrier n'était pas
ce jeune homme au visage poupin[2], à l'œil suave, à la chevelure
brune et bouclée, dont les frisures débordaient sous la casquette
50 et recouvraient ses tempes.
....
1. **Le visage de craie** : le visage blanc comme de la craie.
2. **Poupin** : qui a les traits d'une poupée ; connote l'enfance et l'innocence.

Comment le vieil homme aurait-il réagi à cette seconde, s'il avait été en possession d'une arme ? Aurait-il tiré sur l'assassin présumé qui risquait d'une seconde à l'autre de les cribler de balles ? Et s'il se trompait ? Si son rôle de veilleur, de gardien de
55 quartier, était véridique ?

Le jeune homme se releva, secoua plusieurs fois la tête, et d'un air désolé :

« C'est trop bête, trop bête. Je vais chercher une ambulance de mon côté. Il faut faire vite, elle me paraît mal en point. »

60 Il venait de partir en abandonnant son arme sur le trottoir. Après avoir franchi quelques pas, il s'en souvint et revint pour s'en emparer :

« On ne sait jamais, dit-il, jetant un coup d'œil soupçonneux à Anton. On aura tout vu par ici ! »

65 Les jambes écartées, l'arme à l'épaule, la chemise blanche gonflée par la brise, Gorgio paraissait immense, mythique, avec son visage d'ange joufflu :

« Je ramènerai l'ambulance, c'est promis ! »

[31]

À bout de souffle Anya venait de déboucher sur la grande rue.

De loin elle aperçut Anton de dos, faisant face à un homme portant une mitraillette.

Maîtrisant sa peur elle se hâta, le cœur battant, vers le lieu
5 de l'accident.

Le jeune homme s'était éloigné au pas de course. Quand Anya arriva, elle se jeta dans les bras d'Anton. Elle palpa ses épaules, sa poitrine, ses mains, s'assurant que rien ne lui était arrivé durant son absence. Elle frotta sa joue contre la sienne, se
10 blottit contre lui :

« J'ai eu si peur. Si peur. Tu vas bien ?

– Moi, je vais bien, tu t'inquiètes toujours… Mais tu reviens seule, pourquoi ? » murmura-t-il, la prenant à l'écart.

À voix basse elle raconta la foule, l'autocar, le jeune homme grimpé sur le marchepied puis disparaissant à l'intérieur du véhicule.

« Tu n'as pas pu l'atteindre. Tu ne lui as rien dit ?

– Rien. »

Elle raconte, elle parle, Anton essuie les larmes sur ses joues.

« J'ai crié. Il n'a rien entendu. J'ai brandi la photo, j'ai hurlé "le chandail bleu". J'ai appelé "Steph ! Steph !". J'étais noyée dans la foule, le vacarme. Il s'est sûrement découragé, il croyait avoir attendu en vain ; l'heure était passée. »

Ils s'accroupirent tous deux autour de la jeune femme. Celle-ci respirait à peine. Il n'y avait aucune chance de la sauver, Anton l'avait su dès le début.

Anya se pencha, souffla son haleine tiède sur la joue blafarde, y posa un baiser, frôla les cheveux, dégagea l'oreille. Toute à sa déception, à son chagrin, elle avait oublié l'homme à la mitraillette. Elle y repensa soudain :

« Qui était cet homme ? Il te menaçait ?

– Non, non… Il est parti chercher une ambulance.

– Tu l'as cru ?

– Je le crois. Il était bouleversé. Ne t'inquiète pas. »

Elle serra la main d'Anton, celui-ci fit de même. L'angoisse se dissipa.

Ensemble ils sauraient ce qui resterait à faire. Au fur et à mesure, ils le sauraient.

[32]

Sur cette parcelle du vaste monde, sur ce minuscule îlot de bitume, sur cette scène se joue, une fois de plus, une fois de trop, le théâtre barbare de nos haines et de nos combats.

Massacres, cités détruites, villages martyrisés, meurtres, géno-
5 *cides, pogroms* [1]*... Les siècles s'agglutinent en ce lieu dérisoire, exigu, où la mort, une fois de plus, joue, avant son heure, son implacable, sa fatale partition.*

Tandis que les planètes – suivant leurs règles, suivant leurs lois, dans une indifférence de métronome [2] *– continuent de tourner.*
10 *Comment mêler Dieu à cet ordre, à ce désordre ? Comment l'en exclure ?*

[33]

Ayant attendu plus d'une heure à l'orée du pont, et se souve-nant des termes de sa lettre, Steph se persuada qu'entre lui et Marie tout était définitivement rompu.

Il savait qu'elle avait bien reçu sa lettre et que le quartier
5 qu'elle devait traverser pour le rejoindre était tranquille, bien que

....

1. Génocides : exterminations méthodiques de groupes humains, nationaux, ethniques ou religieux. **Pogroms** : agressions oppressives et meurtrières dirigées contre une communauté juive et, plus généralement, contre une communauté ethnique ou religieuse (mot d'origine russe).
2. Métronome : petit instrument à pendule qui sert à marquer la mesure pour jouer un morceau de musique ; le mot est associé à une régularité sans faille.

les communications téléphoniques aient été interrompues depuis quelques semaines.

Leur dernière rencontre avait été explosive. Souhaitant la laisser libre de son choix, Steph avait hésité à aller la chercher sur
10 place. Dans ce trajet qu'elle ferait vers lui, il voyait le signe d'une véritable réconciliation.

Il l'aimait au-delà de tout. Il avait cru qu'elle l'aimait aussi. Il s'était trompé.

Marie avait sans doute décidé de se libérer de ce lien dont elle
15 éprouvait sans doute plus de contrainte que de bonheur. Tout les rapprochait, mais à la fois tout les éloignait l'un de l'autre.

« Un jour, nous nous retrouverons et nous ne nous quitterons plus. Nous serons assez vieux, assez sages pour rire de nos querelles », se disaient-ils.
20 Elle n'y croyait sans doute plus.

À quoi jouaient-ils ? Ils ne jouaient pas. Mais aujourd'hui, leur histoire avait pris fin. Il en éprouvait du chagrin, du ressentiment[1]. Il en voulait à Marie d'avoir trahi leur pacte, celui de mourir l'un près de l'autre, quoi qu'il arrive.
25 Une foule compacte, chaotique, avançait en direction du pont. Steph s'était mis debout, en équilibre sur le muret, cherchant Marie du regard, espérant encore. Il élevait, croisait ses bras en l'air. Son pull-over d'un bleu vif ne pouvait passer inaperçu.
30 Il fallait s'y résigner, Marie ne l'aimait plus, Marie n'était pas là.

Au bout d'un moment, il avait sauté à terre et s'était enfoncé dans la foule.

C'était l'échec, la fin de leur histoire d'amour. Celle-ci n'avait
35 été, sans doute, qu'une illusion qui tenait du rêve plus que de la réalité. Il en voulait à Marie d'avoir détruit ce dernier espoir. Il

....

1. **Du ressentiment** : de la rancune, de la rancœur.

se sentait rejeté, trahi. S'agissait-il d'un autre amour ? Ou bien étaient-ce ses reportages, son métier qui avaient tout envahi ?

Il s'en voulut aussi d'avoir consacré la plus grande partie de
40 son temps à ses fouilles. « Mais à présent, se promit-il, je leur consacrerai encore plus de mon temps. » L'amour était secondaire. Ses derniers travaux débouchaient sur de nouvelles perspectives, on vivait une période de découvertes prodigieuses. Il reviendrait dans ce pays dès que la guerre serait terminée et que
45 cette population aurait fini de s'étriper [1].

Pour le moment, les chantiers étaient fermés, tout s'était interrompu. Dès le lendemain, il partirait, seul, car plus rien ne le retenait ici. Cette guerre l'avait troublé. Qui avait raison ? Qui avait tort ? La situation était des plus confuses.
50 Quant à Marie, elle saurait se débrouiller. Sans doute avait-elle trouvé un autre compagnon. À cette pensée, il eut mal. Leur aventure était close, bien close ; il fallait l'accepter.

Steph jeta pourtant un dernier coup d'œil autour de lui, cherchant encore un indice, un signe, tandis qu'Anya se débattait dans
55 la foule. Déçu, exaspéré [2], il s'élança dans la direction d'un autocar qui venait de s'engager sur le pont.

« Arrêtez ! Arrêtez ! »

Une main, un bras se tendirent hors du véhicule. Il s'y accrocha, se haussa jusqu'au marchepied. Puis, s'engouffra à l'intérieur
60 et se faufila parmi la multitude des passagers.

Encerclé par une foule compacte, serré entre des enfants, des femmes, des vieillards, il se tenait immobile, cherchant à occuper le moins de place possible.

Cela sentait la sueur, l'urine, le désespoir. Un sentiment d'iso-
65 lement le submergea. Il s'abandonna dans une sorte d'impassibilité de plus en plus glacée.

....

1. S'étriper : se battre en se blessant, s'entretuer (familier).
2. Exaspéré : irrité, furieux.

En renonçant à Marie pour toujours, il lui semblait se dessaisir de sa vraie vie.

[34]

Tandis que son corps la lâche, Marie se souvient :
« Je ne serai pas ta routine. »
Et Steph de rétorquer :
« Je ne deviendrai jamais ton habitude. »
Il avait fallu toute l'attention d'Anton pour lui trouver une position confortable, sur le dos, la nuque légèrement soutenue. Par instants, la douleur la quittait, puis elle réapparaissait comme un glaive fouillant sa chair.

À travers une brume, ayant aperçu le jeune homme à la mitraillette, elle avait tremblé pour Anton. Puis, tout s'était passé. Elle se souvenait encore des yeux presque compatissants de l'étrange guerrier penché au-dessus d'elle, scrutant son visage.

Anya avait disparu depuis longtemps. Puis elle était revenue, mais seule. Que s'était-il passé ? Steph avait-il lu son message ? Savait-il à présent pourquoi elle n'avait pas pu le rejoindre ?

Rien, dorénavant, ne se transformerait en habitude ou en routine, elle en était certaine.

Elle se laissait convaincre que la vie s'offrirait à nouveau et qu'ils la saisiraient, ensemble, à pleins bras, à pleins corps.

Marie fixa le vieux couple avec tendresse. Elle souhaitait plus tard leur ressembler ; elle tenta de le leur dire. Ses mots s'effritaient en chemin.

À genoux auprès d'elle, ils murmuraient tous deux à voix inaudible. Ensuite la femme se pencha un peu plus, repoussa les cheveux de Marie pour dégager son oreille, s'apprêta à parler. Qu'attendait-elle ?

Marie patienta, espérait entendre : « Je l'ai vu. Il a votre message. Il sait tout. Il arrive. »

Marie aurait voulu entonner tous les chants d'amour dont elle
30 se souvenait. Elle aurait aimé effacer tous les sarcasmes[1], tous les
doutes, toutes les craintes, toutes les inquiétudes. Elle s'alliait et
se reliait à cet amour orageux mais robuste ; déroutant mais
tenace. Elle accepterait ses chemins escarpés, ses moments
abrupts, ses colères ténébreuses, ses humeurs, ses errements, ses
35 complexités, ses subtilités, ses chicanes[2], ses querelles, ses démê-
lés, ses vides. Elle ne se soucierait plus du jugement des autres.
Que savent-ils de l'amour ceux qui croient que celui-ci n'offre que
des terres paisibles et rassurantes ? ceux qui pensent que la jouis-
sance, l'euphorie des corps suffisent ? ceux qui ignorent que
40 l'amour se perpétue au-delà des sens, qu'il s'enracine à la fois
dans la volupté et dans l'ailleurs ? que l'amour tient du toucher,
de l'odorat, du goût, de tous les sens, mais va plus loin encore ?
Mystérieux comme la vie, pétri de[3] folie et de sagesse. Marie voudrait chanter l'amour, le bel amour ; chanter tout ce qui se bâtit
45 dans le mystérieux combat de la lumière et des ombres, chanter
ce désir d'être dans sa peau et hors de sa peau...

Pourquoi Anton et Anya tardent-ils à lui parler ? Elle cligne
des paupières pour solliciter une réponse. Ils chuchotent encore.

Marie prend peur. Si Steph, après avoir réfléchi, avait renoncé
50 à leur rendez-vous ?

S'il avait décidé de ne plus la revoir ? Si leur aventure s'était
terminée là, pour toujours...

....
1. **Sarcasmes** : moqueries insultantes, railleries.
2. **Chicanes** : petites disputes, tracasseries.
3. **Pétri de** : formé de, plein de.

[35]

Le jeune homme à la mitraillette s'était éloigné.

Il adoptait une démarche hautaine, et se sentait investi, grâce à cette arme virile, d'un mystérieux pouvoir.

Gorgio se demandait pourtant comment agir en cette circons-
5 tance. Qui était ce vieil homme ? Peut-être un ennemi à sa cause ? Dans ce cas fallait-il lui porter secours ? Mais quelle était sa propre cause ? Souvent, il la perdait de vue.

Le pays s'était divisé, démembré[1], les courtes trêves se trans-
formaient en représailles, en vengeances, puis les luttes repre-
10 naient. La souhaitait-il cette paix qui détruirait d'un coup ses privilèges, saperait[2] la puissance que lui conférait son arme, qu'on lui reprendrait sans doute dès que les hostilités ces-
seraient ?

Gorgio et sa mitraillette ne faisaient plus qu'un ! Elle avait
15 métamorphosé son existence. Il s'en occupait avec minutie, faisait briller la crosse, frottait le canon, inspectait le cran de sécu-
rité, la chargeait, la rechargeait plusieurs fois par semaine. Son camp lui fournissait généreusement des balles. Il avait rapidement appris le maniement de son arme ; ses années d'adoles-
20 cence, qui s'étaient éparpillées sans véritable projet, avaient enfin atteint leur objectif.

Lorsque le conflit éclata, Gorgio venait d'avoir vingt ans. Ayant raté ses études, il chercha avant tout à échapper à l'emprise de son père. La guerre fut une aubaine[3]. Il choisit le camp
25 adverse de celui des siens et quitta, un soir, le domicile familial avec éclat.

....

1. **Démembré** : au sens propre, qui a les membres arrachés ; au sens figuré, comme ici, qui est divisé en parties, découpé, morcelé.
2. **Saperait** : ébranlerait, détruirait.
3. **Aubaine** : avantage, profit inattendu ; chance, occasion.

L'enrôlement [1] s'était fait sans difficulté. On recrutait partout, en hâte et dans le désordre.

Il fut d'abord chargé de surveiller un dépôt d'armes ; puis les ordres devinrent contradictoires, se transformant au gré des jours.

Dans ce pays exigu qui ne comptait que trois millions d'habitants, ethnies, religions, milieux sociaux s'étaient, croyait-on jusqu'ici, entremêlés. Brusquement les situations s'étaient inversées, on se trouvait des ennemis partout.

Les ordres fluctuaient, vacillaient, les groupes se divisaient, se réconciliaient ; tous les cas de figure d'alliance ou d'hostilité se suivaient à un rythme hallucinant. Ainsi que d'autres jeunes gens, futurs francs-tireurs, Gorgio devint le maître et l'esclave de sa mitraillette. Il jouissait ainsi d'une autonomie singulière, qui ne lui déplaisait pas. Il avait parfois l'impression de mener, seul, le combat, de choisir ses propres ennemis et, selon les possibilités, ses divers lieux d'habitation.

C'était l'été. Depuis quelques jours Gorgio logeait en solitaire dans un appartement aux trois quarts démoli, au neuvième étage d'un immeuble récent, non loin du domicile de son père. Par moments, de son balcon, il s'amusait à prendre pour cible tout ce qui bougeait dans les parages. Étant toujours à distance de ses victimes, il n'avait jamais affronté les conséquences de son acte.

Depuis la veille il songeait à changer de quartier ; dans celui-ci, d'abord livré aux bombardements, puis peu à peu abandonné par ses habitants, plus rien ne se passait. Il hésitait encore, son logement récent lui plaisait.

Il se demandait si sa propre famille avait évacué leur vaste maison avoisinante. Il ne tenait pas à les revoir. Son père ne l'aimait pas, ses deux sœurs, il n'y pensait plus. Seul le visage mélancolique de sa mère le hantait parfois ; il se sentait alors responsable de sa tristesse et souhaitait la rassurer.

....

1. **Enrôlement** : inscription dans l'armée, engagement.

[36]

Anya passa son bras par-dessus les épaules nues et brûlantes de son époux tandis qu'il maintenait à bout de bras, au-dessus du visage de la jeune femme, un morceau de carton, trouvé au bord de la chaussée, pour la protéger du soleil.

5 Anya admirait Anton pour son intrépidité, sa façon d'enjamber l'angoisse, de ne tenir compte que du présent, de se préoccuper de la blessure de la jeune femme, de ce soleil sans pitié, de ce sang dont il fallait arrêter l'écoulement. Elle l'aimait pour le peu de cas qu'il faisait de sa propre personne. Elle l'aimait en son 10 corps vieilli, en ses cheveux blanchis, à cause de leurs souvenirs obscurs et lumineux, tendres et orageux ; aussi à travers son désir de garder la jeune femme en vie jusqu'à l'arrivée de Steph.

Elle avait eu du mal à le décevoir, à lui dire que Steph avait disparu, qu'il ne fallait plus compter sur son arrivée, que la foule 15 était trop dense, qu'elle n'avait pas pu l'atteindre ou même lui communiquer le message et qu'il s'était engouffré dans un car qui s'éloigna à grande vitesse. Elle lui raconta cela, tout bas.

C'était grave, si grave qu'Anton en oublia le bref passage du franc-tireur.

[37]

En défenseur ou en attaquant, Gorgio éprouvait une réelle satisfaction à inspirer de la crainte.

Il lui arrivait de prendre sous sa protection, avec d'autres camarades, une maison, ou tout un quartier. Mais, dans la même 5 journée, il s'octroyait[1] le droit de descendre un fuyard ou un
....
1. **S'octroyait** : se réservait.

passant sur qui se portaient de vagues soupçons. Ce dernier le payait alors de sa vie. Cela ne le tracassait pas outre mesure. Il se sentait investi d'une mission dont la cause exacte lui échappait, mais qui lui conférait un prestige que les siens, son père surtout,
10 lui avaient refusé.

Depuis une dizaine de jours, Gorgio régnait sur un territoire abandonné, un bel appartement dont il se sentait le maître.

Dans ce lieu solitaire, Gorgio appréciait l'existence et y tenait de plus en plus. Sa vie dépendait de lui seul, il n'avait de comptes
15 à rendre à personne.

Ses études avaient été médiocres. Son père, avocat de renom, issu d'une famille modeste, avait fait son chemin, sans aide, en luttant. Il se désolait des incapacités de son fils, qu'il ne pouvait s'empêcher de harceler et d'humilier :

20 « Tu ne seras jamais personne ! »

Gorgio rejeta avec encore plus d'obstination toute forme d'enseignement. Il séchait les classes dès qu'il en trouvait l'occasion. Cette guerre fut une aubaine, une diversion [1], un miracle ! L'arme le sacra, lui fournit une cause, lui donna de l'importance.

25 Il y avait un mois, il avait croisé son père, par hasard, dans ce même quartier. Ce dernier l'avait à peine reconnu avec son képi retourné, son allure arrogante [2], sa démarche assurée.

« C'est toi, Gorgio ?

– Il est devenu "quelqu'un" ton fils, rétorqua-t-il.

30 – Baisse ton arme pour me parler », dit le père, appliquant sa paume sur la bouche du canon.

Gorgio eut une subite envie de le braquer :

« Tu disais que je ne serais jamais personne. Regarde-moi à présent.

35 – Tu n'es rien. Tu n'es toujours rien, et tu ne me fais pas peur ! »

....

1. Diversion : sorte de distraction, qui détourne quelqu'un de ce qui le préoccupe.

2. Arrogante : fière, hautaine, d'une insolence méprisante.

Gorgio fit un effort pour se maîtriser tandis que son père le déshabillait du regard. D'un geste brusque, comme s'il s'arrachait au sol, il tourna les talons, s'éloigna les mâchoires serrées, les 40 deux mains crispées sur sa mitraillette. De loin, il entendit :

« Reviens. Reviens. Parlons-nous, mon fils.

– Va au diable ! » murmura Gorgio.

Et il poursuivit sa route sans se retourner.

[38]

Anya s'en voulait de n'avoir pas couru plus vite, de n'être pas arrivée à temps. Elle injuriait son vieux corps, ce cœur usé, ce pauvre souffle. « Sale carcasse », répétait-elle.

Anton lui prit la main :

5 « Tu as fait ce que tu pouvais. Un jour, ensemble, nous le retrouverons quoi qu'il arrive, et il saura.

– Ce sera trop tard.

– Au moins, il saura. Il faudra qu'il sache la vérité.

– Tu as raison, nous le retrouverons. »

10 Ils iraient jusqu'à l'adresse indiquée au revers de l'enveloppe, c'était loin, à l'autre bout du pays. Ils connaissaient son prénom, ils possédaient sa photo, ils interrogeraient chaque villageois, ils le reconnaîtraient dans ce chandail bleu qu'il devait porter quotidiennement, car la trame [1] en paraissait usée, ramollie.

15 Anya se pencha, toucha de ses lèvres l'oreille de la jeune femme. Tous deux venaient de se mettre d'accord sur les paroles qu'elle allait prononcer.

....

1. **Trame** : ensemble des fils qui constituent un tissu.

Anton posa sa main sur le dos de sa femme ; les mots retrouveraient plus facilement leur chemin.

[39]

Chaque fois qu'il l'évoquait, Gorgio tremblait au souvenir de la rencontre avec son père. Son regard le poursuivait. Il regrettait parfois de n'être pas retourné sur ses pas pour demander des nouvelles de sa mère et de ses deux jeunes sœurs.

5   Soudain l'image du vieil homme, torse nu, qu'il venait de quitter, avait resurgi ; en même temps que celle de la jeune femme mortellement pâle. Il pressa le pas, il fallait leur venir en aide. Il le souhaitait vraiment.

Des groupes de francs-tireurs dispersés se retrouvaient de 10 temps à autre pour comparer leurs tableaux de chasse. Gorgio n'irait pas cette fois au rendez-vous. Les visages du vieux et de la mourante l'obsédaient. Son seul but était à présent de se mettre en quête d'une ambulance.

Ces deux-là avaient soudain pris une énorme importance dans 15 sa vie, il se demandait pourquoi. Était-ce de les avoir vus de si près, tandis que tant d'êtres demeuraient abstraits, perdus dans le lointain ?

Était-ce la présence de ce vieillard aux traits puissants, ravagés par le chagrin, qui s'était fortement gravée dans sa mémoire ? Ou 20 celle de cette femme, jeune encore et belle, qui perdait son sang ?

Il s'étonnait de se sentir tellement concerné. Depuis les hostilités, il lui semblait vivre en marge de ses actes, parallèlement à cette guerre et à ses atrocités, comme si son double y participait, et le laissait hors champ.

25   Pour rejoindre l'hôpital, qui se trouvait à l'est de la ville, Gorgio irait à pied ; il n'y avait plus d'autre moyen de locomotion.

Depuis quelques semaines, Gorgio régnait sur tout un immeuble de grand standing[1], dévasté, criblé de balles, délaissé
30 par ses propriétaires et ses locataires.

Il entrait et sortait des appartements à l'abandon, s'y nourrissait, y couchait. Il allait et venait entre ces grands espaces – souvent somptueusement meublés – en seigneur des lieux, vidant les frigidaires, s'allongeant sur de moelleux canapés, parcourant
35 d'un air distrait des revues aux photos miroitantes[2] ou de vieux journaux. L'électricité ne fonctionnait plus, mais il avait trouvé un lot de bougies rouges qu'il allumait vers le crépuscule avec le briquet argenté trouvé sur un guéridon[3], dont il ne se séparait plus. Il dénicha des cigarettes et même une boîte de cigares à
40 moitié remplie. Au bout de quelques jours, il chercha un lieu propice pour s'y établir durant la poursuite des combats. Une sorte de nid d'aigle qui lui permettrait d'inspecter la rue du balcon à toute heure.

Il finit par élire domicile au neuvième étage d'un immeuble
45 cossu dans l'appartement déserté et confortable d'un écrivain d'un certain renom. Les murs étaient tapissés de bibliothèques bourrées de toutes sortes de livres. Le père de Gorgio en possédait des quantités lui aussi, mais par réaction envers ce dernier il les avait tenacement[4] boudés, ne jetant qu'un regard rapide sur
50 les titres de la presse quotidienne, s'attardant parfois sur les magazines, s'enfermant dans sa chambre pour écouter la radio ou ses disques, dont il amplifiait le son.

Dans ce lieu miraculeusement offert et dont il devenait l'unique propriétaire, il se sentit libre.

55 On lui avait fourni son arme, puis on lui laissait faire sa besogne : surveiller les habitants du quartier, faire régner une

....

1. De grand standing : offrant un grand confort, présentant des signes extérieurs de richesse ; synonyme de « cossu », qu'on trouve un peu plus bas.
2. Miroitantes : brillantes.
3. Guéridon : petite table ronde pourvue d'un seul pied central.
4. Tenacement : avec obstination.

terreur secrète en visant de temps à autre un passant qui tentait de franchir une ligne de démarcation [1] – celle-ci se déplaçait sans cesse au gré des batailles – ou un individu qui paraissait suspect
60 selon le coup d'œil et un rapide jugement.

Il lui fallait ensuite – suivant les circonstances et les changements de chef – se tenir au courant des récentes tactiques de combat, rendre compte de ses abattages, des suspicions [2], de l'état des lieux et des mouvements de retour d'une population
65 instable qui avait déguerpi au moment des bombardements et qui, ne trouvant nul secours ailleurs, reviendrait vers leurs anciennes habitations. Celles-ci étaient tellement lacérées et dégradées qu'elles seraient peut-être, dorénavant, à l'abri de nouvelles attaques.

70 Les heures étant souvent interminables, Gorgio fouillait dans la bibliothèque. Feuilletant un livre, puis un autre et un autre encore, il s'arrêtait parfois sur une phrase qui, soudain, le happait [3] et semblait avoir été écrite pour lui seul.

« Je ne suis ni rouge, ni noir, lisait-il, mais couleur de chair. »
75 C'était signé Sigmund Freud [4], dont il avait vaguement entendu parler.

« Je hais cette vanité qui s'occupe d'elle-même en racontant le mal qu'elle a fait, qui a la prétention de se faire plaindre en se

....

1. **Ligne de démarcation** : frontière.
2. **Suspicions** : soupçons.
3. **Le happait** : le saisissait.
4. Gorgio tombe sur des citations d'auteurs très variés qui témoignent de l'étendue de la culture, en majorité occidentale, de l'écrivain de renom chez qui il s'est réfugié. Il cite des médecins du début du XXe siècle comme Sigmund Freud ; des écrivains français du XIXe siècle, romanciers ou poètes comme Benjamin Constant, Gustave Flaubert et Charles Baudelaire, et du XXe siècle, comme Antonin Artaud et Jean Paulhan ; des philosophes de l'Antiquité comme Démocrite (Ve siècle av. J.-C.) et du XIXe siècle comme Friedrich Nietzsche et Auguste Comte ; ou encore le poète persan Jalāl al-Dīn Rūmī (XIIIe siècle) et le philosophe chinois Lao-tseu ou Laozi (VIe siècle av. J.-C.).

décrivant et qui, planant indestructible au milieu des ruines,
80 s'analyse au lieu de se repentir », écrivait Benjamin Constant. Il
se répéta « planant indestructible au milieu des ruines ». L'image
lui renvoya la sienne, il s'y voyait et elle lui plut. Quant à « s'analy-
ser », cela n'avait jamais été son objectif. « Se repentir » encore
moins !

85   Après avoir écouté du jazz sur une cassette, ou une chanson
d'amour, ou un bout de symphonie – l'écrivain avait des goûts
éclectiques –, Gorgio se prenait au jeu, celui de piquer une phrase
par-ci, une pensée par-là, et s'exerçait à la garder en mémoire.
Dans cette bibliothèque, la variété des livres était grande. De la
90 poésie à l'essai, de la philosophie au roman, de la bande dessinée
à l'histoire. Il chercha un calepin, le trouva ainsi qu'une pointe
Bic à triple couleur. Il y inscrivit les paroles qui excitaient son
attention en rouge, à la suite les unes des autres, quitte à y réfléchir plus tard. « Pour quand je serai vieux », se dit-il. « À présent,
95 j'agis, je vis. »

      Peu à peu cette sorte de pêche le captiva, le passionna. Il jetait
son filet, harponnait une phrase, ferrait[1] quelques paroles, les
inscrivait dans une écriture appliquée pour « plus tard ». Il lui semblait, à travers ces mots-là, se découvrir, pénétrer en secret, à
100 l'abri, une part de lui-même, toute une région dont il devinait
l'importance mais qu'il ne sentait pas encore prêt à affronter.

      « La bêtise, c'est de vouloir conclure », disait Flaubert.
« J'entendrai toujours la vie s'élever contre la vie », écrivait Artaud.
« L'orgueil nous divise encore davantage que l'intérêt », ajoutait
105 Auguste Comte. « Les gens gagnent à être connus, ils y gagnent
en mystère », reprenait Jean Paulhan.

      Ces mots résonnaient comme un écho. Ces mots sonnaient
juste. Gorgio ressentait qu'ils cheminaient, lentement, étrangement, vers le fond de son être.
....

1. La découverte des livres est comparée à la pêche, à l'aide d'une métaphore
filée. Le verbe « ferrer » signifie « engager le fer d'un hameçon dans les chairs
du poisson qui vient de mordre, en tirant le fil d'un coup sec ».

110 « Si le mal est profond, plus profonde encore est la joie »,
affirmait Nietzsche. « Le poète n'est d'aucun parti. Autrement il
ne serait qu'un simple mortel », disait Baudelaire.

De quel parti était-il, lui, Gorgio ? Le savait-il vraiment ? Ou
bien s'était-il lancé dans l'aventure pour se prouver… se prouver
115 quoi ? Qu'il tenait debout, seul ? « Plus tard, conclut-il, ce n'est
pas encore le temps… Je verrai tout ça plus tard, je réfléchirai à
tout ça plus tard. »

Les mots, eux, ne le quittaient pas. Il écrivait, il écrivait ; le
carnet s'emplissait de jour en jour. « Le parfait voyageur ne sait
120 où il va », Lao-tseu. Je suis donc le « parfait voyageur » ? se
demandait-il. Suivait la voix de ce Jalāl al-Dīn Rūmī, étrange
poète du XIIIᵉ siècle : « Ne va pas dans le voisinage du désespoir :
il existe des espoirs. » Quel espoir lui restait-il ? Après tant de
dégoût, d'humiliation, de morosité, d'enfermement, de refus, le
125 seul ferment d'éveil avait été la haine puis les violences. Avant il
n'était rien, une créature méprisée, et le voilà soudain à la tête de
sa propre destinée, aux commandes de celle des autres. Le miroir
biseauté [1] de l'entrée lui offrait une image satisfaisante de sa nouvelle personne. Débraillée mais virile, provocante, imposante, à
130 laquelle l'arme ajoutait prestige et fierté.

« En vérité, nous ne savons rien : la vérité est au fond de
l'abîme », clamait Démocrite. Dans ce cas Gorgio avait bien
raison d'avancer aveuglément, selon son instinct, sans chercher
plus loin.

135 Il y revenait encore à ces livres, leurs voix devenaient pal-
pables, tangibles [2] ; elles semblaient l'entourer, l'encercler et lui
imposer leur force, leur vitalité, leurs appels.

« Le remède de l'homme, c'est l'homme », venait-il de trouver.
Il s'agissait du dicton d'une peuplade du Sénégal, les Wolofs,

....

1. **Biseauté** : aux bords taillés obliquement.
2. **Tangibles** : dont la réalité est évidente ; concrètes, matérielles.

140 qu'il venait de découvrir dans un recueil de proverbes. Ce dicton le troubla. « De qui serais-je le remède ? »

Il chercha dans ses souvenirs. L'image de sa mère qu'il avait tellement fait pleurer transperça sa mémoire, elle surgit devant lui avec ses larmes. Il eut envie de sécher tous ces pleurs et de 145 caresser ses joues. Ce jour-là, il ne tenait plus entre ses quatre murs, et sortit plusieurs fois sur le balcon. La grande rue était déserte, nue comme une paume. Il se pencha en avant sur le point de vomir. Une bouillie de paroles bourdonnait dans son crâne. Il répétait « Maman, maman… il ne faut pas… souffrir… 150 pleurer… ton enfant… je suis… t'aime… aime ».

Aussitôt, il s'en voulut de ce laisser-aller, de cette rêvasserie, de ces larmes qu'il sentait monter à ses yeux, comme pour noyer ceux de sa mère. Ce comportement lui parut si peu viril qu'il en eut honte.

155 Il retourna dans le fond de l'appartement, déterra une bouteille de whisky à moitié pleine, se versa une rasade[1], alluma une cigarette et ressortit sur le balcon, l'arme au pied, pour faire le guet.

Le soir, il reprit ses lectures disparates[2] à la lueur d'une 160 bougie. Privé de téléphone et de télévision, il s'accrochait à ce grenier de pensées comme à une bouée de sauvetage.

« L'important ce n'est pas de tomber, c'est de ne pas rester à terre », Goethe.

Son calepin se remplissait, il le gardait toujours en poche. Il 165 lui semblait amasser des graines, des semences pour un mystérieux avenir. Et s'il n'avait plus ou pas d'avenir ? « Ce n'est pas la destination qui compte, c'est le voyage », répondait Jack London. Il écoutait Antoine Blondin : « Je reste au bord de moi-même, parce qu'au centre il fait trop sombre. » « La vraie liberté, 170 c'est de pouvoir toutes choses sur soi », affirmait Montaigne.

....

1. Rasade : quantité de boisson servie à ras bord.
2. Disparates : variées, diverses, hétéroclites.

« N'oublie pas que vivre est gloire », concluait Rilke sur son lit de mort [1].

À parcourir tous ces livres, il éprouvait un plaisir neuf, intense. Son œil avide détectait les mots qui pouvaient lui servir. Il en tirait rapidement le suc [2] ou un rayon de lumière, ou bien une chaude proximité.

À travers sa totale liberté et ces soudaines découvertes, il lui semblait vivre. Vivre comme jamais.

[40]

L'image de la jeune femme si rapidement entrevue s'imposa de nouveau à Gorgio. « Vivre est gloire », se rappela-t-il, et il hâta le pas.

Il faisait une chaleur torride. Il pensa au corps transpercé de cette jeune femme étendue sous la dureté du soleil ; puis aussitôt au vieil homme agenouillé qui l'éventait avec un morceau de carton.

Au moment où il avait tourné les talons pour chercher du secours, une personne âgée était apparue. Celle-ci, à bout de souffle, avait le visage défait ; en l'apercevant, elle fut prise de panique. Il devait, sans doute, provoquer la terreur même quand il ne le souhaitait pas.

À présent, il fallait qu'il se hâte pour ramener l'ambulance. La jeune femme, dont le beau visage blême [3] ne cessait de le

....

1. Les auteurs qu'évoque Gorgio sont en effet disparates : Johann Wolfgang von Goethe est un écrivain allemand (1749-1832) ; Jack London est un auteur américain (1876-1916) ; Antoine Blondin est un écrivain français (1922-1991) ; Michel de Montaigne est un essayiste français (1533-1592) ; et Rainer Maria Rilke est un poète autrichien (1875-1926).

2. **Suc** : jus, sève.

3. **Blême** : d'une blancheur maladive ; blafard, livide.

15 poursuivre, était à l'agonie. « Vivre est gloire », se répétait-il.
Avait-il suffisamment conscience du prix de la vie jusqu'à ce
jour ?

L'ancienne photo de sa mère en pleine jeunesse lui revint en
mémoire. Elle était belle, elle aussi ! Les visages de ces deux
20 femmes se touchaient, se rejoignaient, se confondaient. Il éprouva
pour l'une et l'autre une profonde compassion. Gorgio avait
laissé sa mère sans nouvelles depuis plus d'un an, il en éprouva
un remords cuisant et prit ses jambes à son cou. Il ne savait plus
pour laquelle de ces femmes il courait si vite.

25 À travers sa chemise blanche qui se gonflait à chaque pas le
soleil mordait sa peau ; il défit les premiers boutons, essuya avec
un large mouchoir sa poitrine velue, ses aisselles, tout en
continuant de courir. Il ne s'était pas rasé depuis quarante-huit
heures. La sueur s'insinuait sous les bords de sa casquette, glissait
30 sur ses tempes, ses joues, sa nuque. Il pensa à la douche du soir,
dans la confortable salle de bains au carrelage vert ; par bonheur
l'eau y coulait toujours.

Gorgio s'élance, court, se répète : « Vivre est gloire ! », comme
un refrain. Il n'avait jamais songé à la vie de cette façon-là ! Il
35 tuait, sur ordre ; ou bien, par fascination de la mort.

Arrivé à la limite du quartier, il interpella un marchand de
légumes qui s'apprêtait à fermer sa boutique.

« L'hôpital est toujours par là ?

– Je n'en sais rien ! Moi, je boucle tout. Je m'en vais, je quitte !
40 Le pays est devenu invivable. Il est pourri, en loques[1], ce
pauvre pays !

– L'hôpital n'a pas été bombardé ? »

Le boutiquier croisa ses bras, fixa Gorgio, et le toisant[2] avec
mépris :

....

1. **En loques** : déchiré, comme de vieux vêtements.
2. **Toisant** : regardant de haut, avec dédain.

45 « Pour qui te prends-tu avec ta mitraillette ? Tu ne me fais pas peur, ni toi, ni tes bandes d'assassins. Vous me dégoûtez, tous ! Vous l'avez foutu en l'air votre pays… Tout le monde se hait à présent… Tu me fais honte… Va-t'en ! »

Il y a quelques heures à peine Gorgio se serait emporté et,
50 dans une explosion de colère, il aurait peut-être tiré sur cet individu qui le narguait [1]. Cette fois il ne pensait qu'à une chose : arriver le plus rapidement possible à l'hôpital.

Le marchand hurlait de plus en plus fort. Comme Gorgio ne répondait pas, il lui lança d'abord en pleine figure, puis en le
55 poursuivant, des prunes, des citrons, des pommes, des tomates encore à l'étalage :

« Salaud, fils de salaud ! Assassin ! Criminel ! Meurtrier ! » braillait-il.

Les tomates éclataient sur la chemise blanche. On aurait dit
60 des flots de sang.

« Vivre est gloire », se répétait Gorgio redoublant de vitesse.

[41]

Marie ne bouge presque plus. Marie respire à peine.

Pour lui parler, il faut utiliser peu de mots : des mots simples, des mots essentiels, qui vont du cœur au cœur. Des mots qui se glissent, petit à petit, avec leurs consonnes, leurs voyelles, dans
5 le corps et la pensée de Marie. Des mots qui deviendront la matière de ce corps, le ferment de cette pensée, des mots à lent parcours qui traverseront le conduit auditif [2], atteindront la caisse

....

1. **Narguait** : bravait avec insolence, avec un mépris moqueur ; défiait.
2. Tous les termes qui suivent, « tympan », « osselets », « rocher », décrivent l'anatomie de l'oreille.

du tympan, percuteront les osselets, ensuite le rocher ; des mots
qui se frayeront lentement passage dans le labyrinthe de l'oreille.
10 Des mots aimés, des mots aimants, ressentis, agrippés à l'espérance. Des mots vrais, même s'ils mentent. Des mots forgés
d'amour et de promesse, même s'ils simulent. Des mots réels et
fictifs. Des mots pour vivre et pour rêver.

Anya imagine le désespoir qu'elle aurait ressenti si Anton
15 n'avait pas su combien elle l'aimait ! Elle serait rentrée en lutte
contre cette mort qui la narguait, elle se serait arc-boutée pour lui
faire front au prix de nouvelles souffrances, elle aurait lutté pour
lui faire obstacle jusqu'à l'arrivée d'Anton. Elle compare sa mort
prochaine à cette mort-ci. Si tout se passe selon son désir, elle
20 s'éteindra dans les bras d'Anton, elle acceptera cette navigation
vers le dernier port. Un glissement consenti de tout ce fleuve de
l'existence se déversant, puis se dissolvant, dans l'inconnu.

« Il t'attendait, souffle Anya dans l'oreille de Marie avec tant
de conviction qu'elle finissait par y croire elle-même. Je l'ai vu, je
25 l'ai tout de suite reconnu. Nous nous sommes parlé. Il sait que
tu venais à lui et combien tu l'aimes. Il me suit. Il sera bientôt ici
auprès de toi. »

Elle la tutoyait sans effort. Chacun de ses mots se transformait
en images heureuses. Marie souriait. Elle avait perdu la notion
30 du temps, on pourrait ainsi la maintenir dans l'illusion jusqu'au
bout.

« Il vient... Il arrive... Il est en route », reprit Anton.

Le visage presque éteint ressuscita, la pâleur s'estompa ;
autour des yeux les cernes bleutés s'éclaircissaient.
35 Anya se tourna vers son époux :

« Elle m'entend, n'est-ce pas ?

– Rassure-toi, elle a tout entendu. »

Anya transpire, la torsion de son dos courbé en avant lui est
pénible. Elle applique ses mains sur ses reins ; elle craint que ses
40 forces ne l'abandonnent.

Anton prend le relais :

« Bientôt Steph sera là. Je t'avertirai dès qu'on l'apercevra au bout de la rue. »

Anton et Anya échangent un regard complice.

[42]

Dans l'autocar qui cahote[1], pressé, perdu parmi la foule des passagers, Steph se demande de quelle façon il passera les quelques jours qui lui restent avant le départ. Il n'avait pas prévu ce déroulement. Il s'était rendu à l'endroit indiqué en confiance.
5 Il avait cru à cet amour. Il avait été ridiculement crédule[2] !

Son but à présent était de retourner au lieu des fouilles – le site était clos depuis plus d'un mois –, d'amasser ses affaires et les documents déposés chez un collègue. Ce dernier, lassé de se croiser les bras, avait abandonné femme et enfants pour aller se
10 battre. Steph fut étonné de le voir choisir le camp qui prônait un nationalisme[3] exacerbé[4].

En partant, Taras[5] lui avait même donné un revolver.

« Pour quoi faire, je ne m'en servirai pas.

– Pour te défendre, pour défendre les tiens.

15 – Jamais je ne me servirai d'une arme. Jamais je ne tuerai ! »

Taras le lui avait fourré d'office dans la poche :

« Garde-le en souvenir de moi. Et puis, on ne sait jamais !

– Tu me déçois, je te croyais... »

....

1. **Cahote** : est secoué par des cahots, des soubresauts.
2. **Crédule** : naïf, qui croit aveuglément.
3. **Nationalisme** : ici, exaltation du sentiment national, parfois accompagnée de xénophobie (hostilité à ce qui est étranger) et d'une volonté d'isolement.
4. **Exacerbé** : très vif, très fort.
5. **Taras** : nom du collègue de Steph.

Taras haussa les épaules et s'éloigna à grands pas.

20 Steph ne savait pas où et comment se débarrasser de l'arme.

Hostile à ce conflit où trop d'intérêts lui paraissaient en jeu, Steph avancerait son départ autant que possible. Les antagonismes [1], les disparités [2] pouvaient se résoudre autrement. Guidés par des pulsions haineuses, les hommes se précipitaient vers les 25 guerres qui ne résolvaient rien. Après ces déchaînements venait l'oubli : les mêmes conditions d'injustice se reproduisaient, tant de malheurs ne leur avaient rien appris. Les hommes se plagiaient, se singeaient comme s'ils ne pouvaient échapper à leur propre nature, comme s'ils étaient contraints à se pasticher [3], à 30 jamais.

Connaissant, grâce à son métier, les déroulements de l'Histoire, Steph questionnait l'Histoire. Qu'était-elle d'autre, depuis les origines, que violences, qu'instinct prédateur, que désir de domination ? Déjà la bactérie ne se perpétue qu'en absorbant, 35 qu'en dévorant l'autre ; était-ce une nécessité, une fatalité gravées dans nos cellules ? De peuples à peuples, de familles à familles, qu'était-elle d'autre, la vie, que batailles, où la vanité, l'orgueil, la course au pouvoir et à ses avantages devenaient les leviers [4] de l'existence ? Mais y aurait-il eu Shakespeare, Eschyle, Euripide, 40 Molière, Dostoïevski [5] et d'autres, si nous n'appartenions qu'à une tribu sage, bienveillante, pacifique ?

Sa poche était large, profonde ; le revolver avait glissé jusqu'au fond. Steph en oublia la présence.

....

1. **Antagonismes** : oppositions, conflits, rivalités.

2. **Disparités** : différences, inégalités.

3. Les verbes « plagier », « singer » et « pasticher » renvoient à l'idée de copier ; on **plagie** en s'attribuant faussement les passages d'une œuvre ; on **singe** en imitant de manière caricaturale et moqueuse ; on **pastiche** en imitant fidèlement le style.

4. **Leviers** : outils de commande.

5. Énumération disparate de grands auteurs de la littérature européenne : poètes antiques – Eschyle, Euripide –, dramaturges des XVIe et XVIIe siècles – Shakespeare, Molière –, ou romancier du XIXe siècle – Dostoïevski.

Steph repensa à sa relation avec Marie, aucun d'eux n'avait
45 su créer des liens tranquilles, apaisants. Il leur fallait des orages.
Concorde[1] et trêve réclamaient, semblait-il, dans tous les
domaines, de brusques et soudaines dramatisations[2]. Steph s'en
voulait de ses colères auxquelles Marie rétorquait sur-le-
champ. Parfois il la souhaitait plus souple, plus rassurante, plus
50 préoccupée de lui plaire, plus engagée dans la même voie que
la sienne...

« Tu redeviens "hégémonique[3]", disait-elle.

– Tu as de ces mots ! »

« Ton "irréductibilité[4]"... m'agace, disait-il.

55 – Tu as de ces mots ! »

Ces expressions barbares les faisaient subitement éclater de
rire, ou bien durcissaient le conflit.

« Nous ne sommes pas faits l'un pour l'autre. »

Il lui reprochait son goût de la solitude, son refus de l'autorité,
60 son inaptitude à l'exercer, vis-à-vis des autres ; sa façon d'aller
vers les gens par inclination, jamais par réflexion.

« Ton seul levier est le sentiment. Tu te feras toujours berner. »

Dans cet autocar, Steph se sentait captif, pris dans un étau[5],
serré de toutes parts, bousculé par cette foule qui s'agglutinait
65 autour de lui. La chaleur était intense. Le chauffeur débrayait,
embrayait sans arrêt. La foule chavirait, d'un côté puis de l'autre,
le rejetant, le poussant dans tous les sens.

Sur le point d'étouffer, une fillette s'agrippa à ses jambes en
hurlant. Il l'extirpa[6] de la mêlée, la posa à califourchon sur ses

....

1. **Concorde** : paix, harmonie qui résulte d'une bonne entente.
2. **Dramatisations** : exagérations de la gravité d'une chose ou d'une situation.
3. **Hégémonique** : dominateur, autoritaire.
4. **Irréductibilité** : caractère de ce qui est invincible, indomptable.
5. **Étau** : outil formé de deux mâchoires qui peuvent se rapprocher et servent
à serrer.
6. **L'extirpa** : la tira, l'arracha.

épaules sous le regard reconnaissant de la jeune mère qui tenait déjà un nourrisson dans les bras. Il songea à Marie, aux enfants qu'ils auraient pu avoir.

Pourquoi avait-il pris, si rapidement, le parti de la perdre ? Peut-être qu'il avait été mal renseigné sur la tranquillité de ce quartier qu'elle devait traverser pour le rejoindre. Peut-être n'avait-il écouté que son amour-propre, une fois de plus ? Peut-être était-elle en danger ?

Steph chercha à bouger. Dans cette foule compacte, il reprit conscience du revolver qui le gênait dans ses mouvements. Craignant qu'un des passagers ne s'aperçoive qu'il portait une arme et que celui-ci le signale aux autres, il détacha l'écharpe qu'il portait autour du cou, la glissa dans sa poche pour envelopper le revolver.

Puis, cela le prit d'un seul coup, il s'entendit crier dans la direction du conducteur :

« Où est le prochain arrêt ? »

Sa voix se perdit dans le vacarme. Tambourinant de ses deux poings sur sa tête, la petite fille joignit ses criailleries à la question qu'il répéta encore plus fort :

« Le prochain arrêt, c'est où ?

– Où, où, où », hurlait la fillette, tambourinant de plus belle.

Le chauffeur finit par l'entendre. D'une voix tonitruante il lança :

« Le plus tard possible ! »

Se tournant vers les passagers qui se pressaient autour de lui, le conducteur reprit :

« Il faut d'abord sortir de ce merdier ! J'entends tirer autour de nous. Il va falloir faire vite… Surtout ne s'arrêter sous aucun prétexte si on veut échapper aux balles ! Rouler, rouler sans regarder derrière soi. Là-bas, de l'autre côté est le salut, je l'espère. Du moins c'est le seul possible. »

Son message finit par atteindre Steph. L'autocar ne s'arrêterait plus. Le visage de Marie s'amenuisait, s'éloignait :

« Elle ne veut pas de moi, et moi je ne veux plus d'elle ! »
105 trancha-t-il.

Mais ce même visage se recomposa, se rassembla comme un puzzle, avec ses morceaux disparates. Un visage aussi blême qu'il le devenait au cours de leurs disputes.

Steph ne pensa plus alors qu'à quitter l'autobus, qu'à courir
110 en sens inverse, à toute vitesse, à sa rescousse [1].

La foule formait une muraille de plus en plus compacte ; et que faire de l'enfant juché sur son dos ? Avisant [2] un jeune homme à la puissante carrure, il percha la fillette sur ces épaules-là, sans rien demander.

115 Amusée de ce qu'elle prenait pour un jeu, l'enfant applaudit avant de se mettre à ébouriffer de ses deux mains l'épaisse chevelure de son nouveau porteur. D'abord surpris, celui-ci se laissa faire sans protester.

Durant ce temps, Steph, poussant des coudes, bousculant la
120 mêlée, cherchait l'issue la plus proche. Ignorant sa décision, accablés et rompus de fatigue, les réfugiés se laissaient faire, s'écartaient, reculaient, se pressaient les uns contre les autres pour lui ouvrir passage.

Sur le flanc de l'autocar la portière centrale était bloquée par
125 un amas de vieilles valises, hâtivement ficelées, et de boîtes de carton.

L'autre sortie, à droite du chauffeur, paraissait inaccessible.

....
1. **À sa rescousse** : à son secours.
2. **Avisant** : apercevant.

[43]

Marie entend distinctement et reconnaît les voix d'Anton et d'Anya. Parfois celles-ci s'entrelacent ; d'autres fois elles lui parviennent une à une.

Leurs présences lui sont de plus en plus proches. Comme elle les aime d'être ici, auprès d'elle. Ces moments si graves les ont étroitement reliés.

Marie tente de leur sourire. Son visage lui échappe, il est loin, inatteignable, on dirait qu'il lui appartient de moins en moins. Elle a du mal à commander ses muscles, à tirer de sa face défaite l'expression souhaitée. Elle s'efforce de nuancer son souffle pour exprimer sa tendresse, sa gratitude, elle y parvient à peine.

Les minutes s'allongent, les secondes s'étirent. Depuis l'arrivée du vieux couple, depuis la disparition puis le retour de la femme, toute une vie s'est déroulée.

Quelle qu'en soit l'issue à présent, tout est en place, tout est bien, puisque Steph va bientôt arriver. Ils le lui ont dit. Il sera ici sous peu. Il sait qu'elle courait vers lui, qu'elle l'aime, qu'elle l'aimait ; que rien d'autre ne compte.

Elle n'a plus qu'à attendre son arrivée, qu'à imaginer déjà son visage penché au-dessus du sien. Alors, elle en est persuadée, ses traits lui obéiront ; le sourire submergera sa face.

Plus tard, l'âge ayant raboté[1] leurs aspérités, quand les années, qui ne seront pas parvenues à les séparer, les auront ajustés l'un à l'autre, ils franchiront, ensemble, le dernier parcours.

« Elle a souri, dit Anton. Elle nous entend. »

Anya se penche, cherche des mots neufs, s'embrouille, s'affole :

« Chante, lui souffle Anton. Tu as une belle voix… »

....
1. **Raboté** : aplani.

Une chanson de Brel lui vient subitement à l'esprit, elle la
30 fredonne :

Bien sûr nous eûmes des orages
Vingt ans d'amour
C'est l'amour fol [1]…

Persuadés que Steph ne viendra plus, Anton et Anya sont déci-
35 dés à maintenir l'illusion jusqu'au bout.
« Elle n'en a plus pour longtemps, chuchote Anton après avoir
repris son pouls. Chante, chante toujours ! »
Anya chante. Mêlant Gainsbourg à Cabrel, Trenet à Brassens,
Ferré à Souchon, Brel à Chedid [2]… Des bribes [3], des mots épars,
40 des phrases, des airs dont elle se souvient. Un brassage de joies
et de peines, de fronde [4] et de réconfort.
Anton sait que la jeune femme n'en a plus pour longtemps ;
dès le début, la gravité de la blessure ne lui a pas échappé. À
travers sa longue vie de médecin, il a toujours voulu accompagner
45 ses grands malades jusqu'à l'ultime départ.
La jeune femme aura rendu son dernier soupir bien avant
l'arrivée de l'ambulance. Il se félicitait d'avoir éloigné le franc-
tireur qui avait perturbé Anya et qui aurait fini par inquiéter
Marie.
50 À présent ils s'efforcent, ensemble, de donner réalité, consistance, à l'image de Steph. Ils l'évoquent descendant la pente,
courant vers eux, s'approchant de plus en plus vite, les coudes
au corps :

....
1. Cette chanson d'amour de Jacques Brel, auteur-compositeur et chanteur belge
(1929-1978), s'intitule « La Chanson des vieux amants ».
2. Ces noms sont ceux de chanteurs français. L'auteur cite ici son fils, Louis
Chedid, ou son petit-fils Mathieu, *alias* M, pour lequel elle a écrit des chansons
comme « Je dis Aime » en 1999, dont le refrain est un hymne à la paix.
3. Bribes : fragments, bouts.
4. Fronde : révolte d'un groupe social contestant les institutions, la société,
l'autorité.

« Son retard s'explique, il a dû subir des contrôles pour péné-
55 trer dans ce quartier qui n'est pas le sien. Il sera bientôt au bout
de la rue. Nous le verrons de très loin. Son chandail bleu ne passera pas inaperçu ! Nous te tiendrons au courant. »

Ils mentaient. Ils mentaient bien. Ils finissaient par croire à
leurs mensonges.

60 « Ma petite fille, je l'ai vu de près, il est vraiment beau ton
amour », lui souffla-t-elle.

Elle la tutoyait, elle aurait pu être sa grand-mère :

« Ma petite fille, ma petite fille chérie, tout est bien.

– Bientôt on fera une fête, tous les quatre », ajouta Anton.

65 Du fond de la souffrance, Marie parvint à sourire, une fois
de plus.

[44]

Au bout d'une rapide et longue marche, arrivé à l'embranche-
ment qui donnait sur les bâtiments hospitaliers, Gorgio n'y
trouva que ruines.

En grande partie détruite par une voiture piégée, la bâtisse
5 gisait dans un éboulis de gravats, un éparpillement d'appareils
électroniques, de portes fracturées, d'armoires et de tables démo-
lies, de lits disloqués, de papiers dispersés.

Vidé des malades qu'on avait pu sauver, débarrassé de ses
morts, l'hôpital était réduit à un vaste champ de dévastation.
10 Quelques murs, encore debout, exhibaient de larges brèches qui
annonçaient leur prochain écroulement. On aurait dit un château
de cartes, aux trois quarts anéanti, qui n'attendait qu'une chiquenaude [1] pour culbuter dans le néant.

....

1. **Chiquenaude** : léger coup donné avec un doigt plié contre le pouce.

Gorgio avança parmi les décombres. Au comble de la fureur,
15 il envoya des coups de pied au bas des murs. La poussière l'enve-
loppa d'un nuage grisâtre.

Qui avait perpétré[1] cette insanité[2] ? Était-ce quelqu'un de son
camp ? Comment aurait-il agi, si cet ordre lui avait été donné ?
Quelle cause cela servait-il ? Il continuait à ruer dans les pierres,
20 à trépigner de rage. Saisissant son fusil à deux mains, il tournoya
dans tous les sens comme s'il cherchait à surprendre un des crimi-
nels qui avaient démoli l'établissement.

Cet hôpital lui était familier. Il y a une dizaine d'années, sa
mère y avait été soignée, puis guérie. Ce souvenir le bouleversa.
25 Il n'avait que douze ans à l'époque. Pour fêter la sortie de sa
mère, il avait arraché une rose sur la pelouse interdite du jardin
dans l'intention de la lui offrir. Une épine lui avait entaillé le
pouce, qui s'était mis à saigner et qu'il avait aussitôt entortillé
dans un mouchoir.

30 « Tiens, cette rose est pour toi maman », dit-il en arrivant dans
sa chambre.

Elle rayonnait de joie, d'émotion, et le prit dans ses bras, tout
contre elle.

« Merci mon bel enfant, merci… »
35 Il éprouva une sensation tiède, douce, moelleuse, qu'il aurait
voulu prolonger.

Découvrant la main qu'il cachait derrière son dos et le mouchoir imbibé de sang, son père devina le larcin[3]. D'un geste il
arracha Gorgio de sa mère :
40 « Voleur, sale petit voleur ! hurla-t-il. Où l'as-tu prise cette
rose ? »

Sa mère s'interposa, serra la main bandée entre les siennes, la
couvrit de baisers :

....

1. Perpétré : commis, accompli ; à ne pas confondre avec « perpétuer », qui
signifie « faire durer ».
2. Insanité : action qui manque de raison, de sens ; folie, ineptie.
3. Larcin : petit vol.

« Il l'a fait pour moi. Rien que pour moi ! »

45   Le père secouait la tête, il avait une barbe pointue, bien taillée, qui se dressait à chaque mouvement de menton.

« Tu le pourris. Tu l'élèves contre tous les principes. »

La barbe noire dramatisait encore plus l'implacable visage. Les traits de sa mère s'effondraient, ses joues devenaient d'une 50 pâleur mortelle.

Une heure plus tard, accompagnée et soutenue par une cohorte [1] d'infirmières qui lui étaient attachées, elle pénétra dans la Mercedes, suivie de Gorgio.

Excédé par la scène et les signes de sympathie qui se prolon-55 geaient, le père trépignait devant son volant.

« Cette sentimentalité idiote ne fait que nous retarder », dit-il de plus en plus irrité.

Au début du conflit qui allait s'emparer du pays, Gorgio et son père avaient eu, une fois de plus, un grave différend [2].

60   Ce dernier avait renoncé à sa barbe, mais accusait dix années de plus. Les deux hommes s'étaient injuriés. Ils en étaient venus aux mains.

« Je m'en vais ! criait Gorgio. Je ne reviendrai jamais plus. Je vais rejoindre l'autre camp, celui de tes ennemis. »

65   Sa mère s'interposa ; elle s'accrochait au bras de son fils, à son tricot, au pan de sa chemise :

« Ne fais pas ça. Je t'en supplie. Ton père t'aime, je te le jure. Il ne sait pas te le dire. »

Gorgio l'avait repoussée brutalement... Elle aurait glissé sur 70 le carrelage sans le secours de son époux :

« Je te maudis, hurla celui-ci. Tu vas jusqu'à frapper ta mère. Ne remets jamais les pieds ici. Jamais plus. »

Gorgio était parti en courant.

....
1. **Une cohorte** : une troupe, un groupe.
2. **Différend** : désaccord, conflit.

Le saccage, l'anéantissement de l'hôpital évoquaient de nou-
75 veau l'image de sa mère tremblante, livide, s'efforçant d'accor-
der l'inconciliable[1].

La destruction avait sans doute eu lieu il y a plusieurs jours ;
vivant isolé et tranquille dans son *no man's land*[2], où il reprenait
goût à l'existence, Gorgio n'en avait rien su.

80 Une poussière opaque recouvrait les décombres d'un linceul[3]
grisâtre ; celles-ci n'avaient ni forme ni odeurs. On aurait dit un
décor cauchemardesque, mais abstrait. Gorgio s'en détourna ; ces
ruines ne le concernaient plus.

Il fouilla dans la poche de son pantalon kaki pour s'assurer
85 que son carnet de citations était en place. Il reconnut au toucher
la couverture en moleskine[4]. Cela le rassura. Il ne pouvait plus
se passer de ces voix.

Pressé d'en finir avec ce monde en loques, Gorgio ne rêvait
que de retrouver son antre[5], ses armoires débordantes de vic-
90 tuailles[6], son frigo à moitié plein, son îlot au neuvième étage de
l'immeuble abandonné.

« Là-haut, je fais ce que je veux. Là-haut je suis un aigle. Un
roi. Un gouverneur !… Et même un penseur », se dit-il étonné.

Avant de retrouver le domicile qu'il s'était choisi, il lui fallait
95 trouver une ambulance et ramener celle-ci au plus tôt jusqu'à
l'endroit où gisait la jeune femme. Il en ressentait l'urgence et
l'obligation.

Cette face exsangue qui l'obsédait se posait comme un
masque sur le visage de sa mère. Il ferma les yeux pour chasser

....
1. **Inconciliable** : incompatible.
2. **No man's land** : expression anglaise qui signifie « terre d'aucun homme » et
désigne ici un endroit inhabité, abandonné de tous.
3. **Linceul** : au sens propre, pièce de toile dans laquelle on ensevelit un mort ;
ici, l'emploi du mot est métaphorique.
4. **Moleskine** : toile enduite ou vernie imitant le cuir.
5. **Antre** : au sens propre, caverne, grotte ; au sens figuré, comme ici, refuge,
lieu où l'on se retire.
6. **Victuailles** : provisions, vivres.

ces visages qui se juxtaposaient avec leur même pâleur et leurs gémissements qui se faisaient écho.

Il décida de rejoindre les quais en bordure du fleuve. Il bifurqua vers la grande rue qui se poursuivait jusqu'au pont et se hâta dans cette direction, persuadé que là-bas il pourrait se renseigner, trouver d'autres services hospitaliers, ramener enfin cette sacrée ambulance !

[45]

« Tu es fou », vociféra le chauffeur, tandis que Steph, après s'être péniblement frayé un chemin dans la foule, enfonçait la portière d'un brusque coup d'épaule.

L'autocar, qui avait quitté le pont depuis plus d'un quart d'heure, s'était engagé sur une autoroute et avait pris de la vitesse.

Steph bondit hors de l'ouverture béante, tandis que les passagers poussaient des cris de terreur.

Pour rien au monde Brako [1] n'aurait freiné ou ne se serait arrêté. Qui était ce dément ? Sans doute celui qui avait hurlé : « Où est le prochain arrêt ? » Il lui avait pourtant fait passer le message ; mais ce fou était sans doute de ceux qui n'en font qu'à leur tête, au risque de provoquer un accident. Pourquoi était-il monté dans le car puisqu'il comptait en descendre aussi rapidement ? Cette drôle de guerre déglinguait tout le monde, désaxait [2] les jeunes comme les vieux. Ce passager délirant devait se prendre pour un héros, un caïd !

Dans la propre famille du chauffeur, fils et neveux avaient choisi des camps différents. L'atmosphère devenait irrespirable.

....

1. Nom du chauffeur de l'autocar.
2. Désaxait : déséquilibrait, perturbait.

20 Les filles s'en mêlaient aussi, se transformant en viragos, en pas-
sionarias [1] ! Sauf quelques-unes, des mères surtout. En dépit de
leurs appartenances elles s'étaient liguées pour organiser des ras-
semblements et réclamer la fin des massacres. Bravant leurs
groupes, leurs religions, leurs âges, elles marchaient côte à côte
25 en se tenant par le bras.

Il en résulta peu de choses. Deux d'entre ces femmes étaient
mortes, victimes de farouches [2] guerriers qui prétendaient que
leur place était au foyer et non pas dans la politique.

Le chauffeur en avait assez. Assez de tous et de chacun ! Assez
30 de ce pays et de l'humanité entière ! Mais il fallait vivre et faire
vivre les siens… Son autocar usagé lui permettait de gagner
quelques pécules [3] en ces temps de pénurie [4], bien que la plupart
des voyageurs prenaient place sans verser la moindre somme.

Brako utilisa d'abord les services d'un vieil oncle, qui se faufi-
35 lait parmi les passagers pour surprendre les fraudeurs. Mais ce
dernier se découragea très vite. S'étant débrouillé pour atteindre
sans encombre un âge avancé, il ne comptait pas, même pour le
bénéfice de son bien-aimé neveu, périr par suffocation.

Brako n'y pouvait rien et devait se contenter de sommes
40 modiques. Il se sentait usé du dehors comme du dedans. Sa chevelure clairsemée, sa jaquette [5] élimée, ses chaussures sept fois
ressemelées, son visage ridé avant le temps, tout contribuait à le
démoraliser. Il gratta son épaisse et martiale [6] moustache, tâta
son ventre dont les aimables rotondités [7] avaient fondu, se désola

....

1. **Viragos** : femmes d'allure masculine, aux manières rudes et autoritaires ; **pas-
sionarias** (ou *pasionarias*, mot espagnol) : militantes qui défendent de façon parfois violente et spectaculaire une cause politique.
2. **Farouches** : d'une rudesse sauvage ; barbares, cruels, violents.
3. **Pécules** : sommes d'argent économisées peu à peu.
4. **Pénurie** : manque de ce qui est nécessaire ; disette.
5. **Jaquette** : veste.
6. **Martiale** : ici, très droite, qui rappelle la tenue rigide des militaires (l'adjectif
vient de Mars, nom du dieu romain de la guerre).
7. **Rotondités** : rondeurs, embonpoint.

⁴⁵ d'avoir perdu le goût de boire, de manger et de faire l'amour en cachette de son épouse.

Ce pays égaré, son pays, « Mon pauvre pays », disait-il en soupirant. Il l'aimait malgré tout, sa patrie, viscéralement [1]. Pourtant elle lui en faisait voir ! « Je te hais, mais je t'aime », marmonnait-il,
⁵⁰ persuadé qu'il ne s'expatrierait [2] jamais. Pas comme : « Ces richards, ces fuyards… » qu'il méprisait.

Le cinglé qui venait de sauter hors du car avait une tête d'étranger. Ces gens-là ne faisaient que compliquer la situation, Brako se demandait souvent s'ils n'étaient pas responsables du
⁵⁵ malheur survenu.

« Refermez bien la portière ! » cria-t-il aux passagers les plus proches.

Ce fut vite fait.

« Cet enfant de pute a failli nous faire avoir un accident grave.
⁶⁰ Ce qui lui arrivera, je m'en fous. Lui au moins mérite son sort. »

L'approbation fut générale. À l'arrière de la voiture, une voix s'éleva :

« Pas besoin de s'en faire pour lui ! Je le vois à travers la vitre, il s'en est tiré. Il est debout sur ses jambes comme un démon.
⁶⁵ – Eh bien que le diable l'emporte ! » grommela le chauffeur en pressant sur la pédale.

[46]

« Ma petite fille, répétait Anya.
– Ma petite fille », reprenait Anton.
Leurs voix se greffaient l'une à l'autre.

....

1. **Viscéralement** : de façon irraisonnée ; instinctivement, profondément.
2. **S'expatrierait** : fuirait de sa patrie, partirait de son pays.

« Il accourt…

5 – Il vient…

– Il arrive…

– Il sera bientôt auprès de toi. »

Marie avait repris confiance. La douleur diminuait. Il lui semblait flotter sur le dos, le long d'une rivière, dans une douce
10 attente. Elle respira profondément.

Anton sentait la fin venir.

Lui et sa femme tournaient cependant leurs regards vers la rue qui remontait en légère pente. Absurdement, déraisonnablement, comme si leurs paroles à elles seules finiraient par métamorpho-
15 ser la réalité.

Vide, dramatiquement vide, la rue les défiait. Vacante [1], solitaire, nue, elle étendait devant leurs yeux son espace désert. L'apparence de cette rue abandonnée, la certitude d'avoir vu disparaître Steph auraient dû tarir tout espoir.

20 Anya revoyait l'autobus, le chandail bleu, l'engloutissement dans le car [2]… La main de son compagnon saisit la sienne :

« À toi, continue », lui souffla-t-il.

Elle se sentait incapable de formuler une seule parole, il n'insista pas et, se penchant au-dessus de la jeune femme, il lui
25 glissa à l'oreille :

« Rien n'est beau comme l'amour, ma petite fille. J'ai vécu longtemps, je le sais… Tu peux me croire. »

Ces mots-là, au moins, étaient véridiques.

Soudain, Anya se redressa et cria vers la rue cruellement
30 déserte :

« Il viendra, je le verrai la première et tu le sauras, petite. Il viendra ! »

....

1. **Vacante** : qui n'est pas occupée ; abandonnée.
2. Anya évoque ici Steph quittant le lieu de rendez-vous.

[47]

Après avoir sauté de l'autobus en marche, Steph eut la chance d'atterrir sur un talus sablonneux. Son corps, roulé en boule, avait à peine subi le choc. C'était un athlète aux réflexes rapides, champion de saut à la perche, il y a quelques années.

Dès qu'il toucha terre, Steph se remit debout, palpa ses épaules, son dos, ses reins. Tout fonctionnait. Il jeta un dernier coup d'œil sur l'autocar vert à la peinture écaillée qui s'éloignait très vite. Lui tournant le dos il reprit sa marche en sens inverse.

À sa montre, il était quatorze heures. Il se dirigea à grands pas vers le quartier où habitait Marie. Ce quartier était sans doute moins tranquille que ce qu'il avait supposé, peut-être avait-elle été empêchée de le quitter ? Pourquoi n'y avait-il pas songé plus tôt ? Sa déception l'avait aveuglé ; souvent irascible [1], il se laissait surprendre par ses colères.

« Parfois tu me fais peur », disait Marie.

Il ne lui ferait plus jamais peur. Jamais plus.

Il lui fallait une trentaine de minutes pour rebrousser chemin, pour se frayer passage au milieu de cette foule compacte qui remontait le pont en direction opposée.

Plus loin, il s'engagerait dans la grande rue en légère pente, qui descend vers l'immeuble où logeait Marie ; il en connaissait l'adresse. Au début de son séjour il avait fréquenté ce quartier où se trouvaient un centre commercial et une importante librairie.

Peut-être qu'il croiserait Marie en chemin ?

....

1. **Irascible** : qui s'emporte rapidement, coléreux.

[48]

Presque au même moment, Gorgio atteignait la sortie du pont, espérant qu'on lui fournirait des renseignements concernant l'ambulance.

Il s'étonnait de l'énergie, de l'obstination qu'il déployait pour
5   venir au secours de la jeune femme. En quoi cette dernière le concernait-il ? Il ne comprenait pas son malaise. Était-ce d'avoir vu de si près ce jeune visage si proche de la fin ? Était-ce le rejet de la mort, le refus de la donner ? Était-ce cette proximité soudaine ?

Les aviateurs qui déversent leurs bombes à des kilomètres au-
10 dessus des villes et se retirent ; les fabricants de voitures piégées, les manipulateurs de canons à longue portée n'atteignent que des anonymes ; leur nombre gomme l'individu [1]. Gorgio n'avait pas connu de combat rapproché, mais il avait feuilleté dans la bibliothèque de l'écrivain un livre fait de lettres de poilus de la guerre
15 de 1914-1918. Leurs révélations étaient atroces. La peur, l'horreur, le face-à-face, l'ennemi que l'on transperce, à la baïonnette, pour sauver sa propre peau. D'horrifiants souvenirs…

Ici la sauvagerie s'était déchaînée ; Gorgio n'en avait jamais été le témoin oculaire. Il avait pourtant entendu parler d'extermi-
20 nations en masse, de blessés traînés derrière des voitures, de tueries à la hache, de viols, d'écartèlements. Ces descriptions, ces récits, se déroulaient comme sur un écran, sans véritable lien avec la réalité.

Il se demanda soudain s'il aurait pu tuer de sang-froid, plon-
25 ger un glaive dans la chair d'un autre, ou lui faire sauter la cervelle d'une balle ? Il ne s'en croyait pas capable.

Il songea à son père, à son regard méprisant, à leurs querelles. Parfois il avait souhaité sa mort. Mais aurait-il pu le tuer ?

....

1. Les victimes sont si nombreuses qu'on oublie chacun des individus qui composent cette multitude.

Le souvenir de la jeune femme étendue, haletante, livide,
30 effaça d'autres pensées.

Gorgio pressa le pas.

[49]

« J'aime cet homme que j'ai failli quitter pour toujours », se
disait Anya. L'absurdité ou la signification de l'existence s'affron-
taient sans cesse.

Leurs trois enfants s'étaient expatriés, leurs cinq petits-enfants
5 étaient devenus des adultes. Ils se voyaient peu, mais elle savait
les liens libres et tendres qui les unissaient. Anya et Anton avaient
perdu leurs propres parents à tous les âges ; souvent trop jeunes,
parfois si vieux. Ils éprouvaient la crainte de peser sur les leurs, la
peur de dépendre. La sortie était imminente [1], ils se demandaient
10 comment la mort se présenterait.

S'étant connus à seize ans en leur chair savoureuse, en leurs
visages ensoleillés et lisses, ils ne se voyaient pas vieillir ; ou bien
cela n'importait plus.

Le passé pénétrait le présent, écartant les poussières et
15 l'usure. Ils s'exprimaient, souvent, avec des mots d'adolescents,
confrontaient leurs nudités sans gêne aucune. Ils étaient frères et
plus que frères ; amants et plus qu'amants. Leurs regards entremêlaient tous leurs âges.

Malgré quelques résistances, quelques impatiences, ils
20 s'acceptaient, ils s'accordaient, s'émerveillant d'être encore là, et
de s'être retrouvés. Le privilège d'une longue vie leur avait
accordé le temps de s'aimer, de se séparer, de s'aimer encore. Ils
n'imaginaient plus une existence qui les priverait l'un de l'autre.

....

1. Leur mort était proche.

Une vague de froid s'empara de la jeune femme. Elle frissonna
25 malgré la chaleur.

Anya s'empressa d'ouvrir sa valise et d'en tirer une large
écharpe en laine dont elle la recouvrit. Elle souffla, réchauffant de
son haleine chaude les joues livides, les paupières closes. Elle prit
enfin les mains tremblantes et glacées entre les siennes et les
30 frotta lentement.

Les rôles auraient dû s'inverser. N'est-ce pas plutôt à la
vieillesse de s'éteindre ? Elle éprouva un malaise à l'idée d'être
encore vivante et en suffisante santé, tandis que d'autres, tellement d'autres, disparaissaient à la fleur de l'âge.

35 Sa trousse de médecin ne lui servait plus à rien ; Anton sentait
la fin approcher, et l'impossibilité de venir en aide à la jeune
femme.

Si Anya avait été là, étendue sur le sol, à la place de l'autre,
elle aurait eu Anton auprès d'elle ; et le départ aurait été accepté.
40 Pour Marie tout était irrémédiablement gâché.

On ne lui offrait qu'illusion en insistant sur l'arrivée de Steph.
On trahissait la vérité, on inventait un mirage[1].

C'était pourtant cela qu'il fallait faire, Anya en était
convaincue.

45 Elle s'enfonçait de plus en plus dans ce mensonge, dans cette
fiction, qui allégeait les dernières minutes que Marie avait à vivre.

Sur l'autre rive, qu'est-ce qui nous attend ? Anya se sentait
incapable de l'imaginer.

Elle ne connaissait et ne reconnaissait que ce monde-ci. Mais
50 les humains ont tellement soif d'un ailleurs, tellement le goût de
l'indicible[2], tellement besoin d'absolu ! Refuser de disparaître
conduisait vers les religions, vers la création, vers l'art, vers
l'étrange, vers l'insolite, vers le terrifiant aussi. Et l'amour,
l'amour dans tout cela ? Cet amour qui n'est peut-être que

....
1. **Un mirage** : une illusion, un mensonge.
2. **L'indicible** : ce qui ne peut être exprimé, ce qui est indescriptible.

55 le désir de sortir de sa peau, de rejoindre l'autre, de s'ouvrir à
de vastes horizons, d'approfondir le mystère au fond de chacun.
Pourquoi, dans quel but cette quête sans réponse se trouvait-elle
au cœur de l'humanité ? Résurrections, vies éternelles, jardins
paradisiaques [1], Anya refusait d'y croire. Quant au symbole de
60 la goutte d'eau rejoignant en fin de course l'Océan primordial [2],
cette vision ne la satisfaisait pas.

« Que fait-on de cette mémoire qui nous construit ? »

Anton avait des vues plus mystiques [3]. Passionné par Jean de
la Croix, Thérèse d'Ávila, le poète Rūmī [4], il ne rejetait ni l'extase
65 ni l'illumination.

Elle se tourna vers lui :

« Demain, où serons-nous, mon amour ? »

Il se pencha pour l'embrasser, lui non plus n'avait pas de
réponse.

70 Elle se remit à chantonner :

Just as long as you stand by me
Stand by me
Stand by me
There is no fear, my love [5]...

....

1. Anya s'interroge ici sur les grands enseignements de la religion chrétienne.
2. Référence à la mythologie égyptienne de la création, où l'Océan primordial,
appelé « Noun », fait la vie et fera la mort.
3. Le mysticisme est une attitude religieuse affirmant la possibilité d'une union
parfaite avec Dieu dans la contemplation (ou extase) qui permet de recevoir la
lumière que ce dernier répand dans l'âme d'un homme (illumination).
4. Le poète persan du XIIIᵉ siècle (voir note 4, p. 96) célébra l'amour mystique.
Jean de la Croix et Thérèse d'Ávila, saints espagnols, furent des religieux mystiques du XVIᵉ siècle.
5. Chanson anglaise de Ben E. King, qui date de 1978 et que l'on pourrait traduire
ainsi : « Tant que tu restes auprès de moi/ Auprès de moi/ Auprès de moi/ Je
n'ai pas peur, mon amour. »

[50]

La traversée du pont fut plus ardue[1], plus longue que prévu. Steph dut faire face à une population hâve[2], épuisée, portant des baluchons, des valises, poussant des brouettes, défilant par vagues, espérant trouver, de l'autre côté, des véhicules qui les éloi-
5 gneraient des zones de combat. Les réfugiés s'entremêlaient, se disloquaient, se rassemblaient, se repoussaient. Ébranlés par la peur et leurs récentes souffrances, ceux-ci ressemblaient à une tribu de fantômes, livides et pathétiques, en complète déroute.

Engagé dans le chemin inverse de celui qu'empruntait la
10 cohue, Steph était sans cesse bousculé, retardé, retenu par cette foule apeurée.

Parfois, une main s'accrochait à son bras, d'autres fois un corps lui barrait passage. Des voix anxieuses le questionnaient sur les raisons de son retour :
15 « Où vas-tu ?

– Tu prends la mauvaise direction.

– Qu'y a-t-il de l'autre côté qui t'a fait fuir ? Dis-le-nous. »

Il repoussait les mains qui s'agrippaient à lui et tentait de les rassurer :
20 « Votre direction est la bonne. J'ai perdu ma femme, je retourne la chercher. Laissez-moi passer. »

La foule s'écartait, docile, compatissante.

« Bonne chance !

– Pourvu que tu la retrouves... »
25 Steph s'extirpait de cette masse compacte qui n'avait pour but que s'éloigner, fuir le plus loin possible. Il s'arrachait non sans mal de cette foule composée de visages hagards[3], de corps en perdition.

....

1. **Ardue** : difficile, pénible.
2. **Hâve** : amaigrie et pâlie par la faim, la fatigue, la souffrance.
3. **Hagards** : effarés, exprimant la peur.

Il cherchait aussi à se dégager de leur emprise et du sentiment
30 de pitié qui l'envahissait.

Il reprit sa route, d'un pas décidé, de plus en plus convaincu
que Marie l'attendait chez elle ou bien au bas de son immeuble.

Elle avait sans doute fait partie de ces rares obstinés qui
croyaient à la fin imminente des combats et qui avaient décidé de
35 demeurer sur place.

Comment avait-il pu douter d'elle ? Et pourquoi ?

[51]

Toujours à la recherche d'une ambulance, Gorgio arriva peu
après Steph à l'orée du même pont.

Saisissant par la manche un homme âgé qui portait un ban-
dage autour de la tête, se cramponnant à lui, il demanda :
5 « Tu as été blessé, on t'a soigné, indique-moi vite l'hôpital ou
le dispensaire [1] d'où tu viens. »

Apercevant la mitraillette que Gorgio tenait pourtant canon
au sol, l'homme paniqua. Il repoussa des deux mains celui qui
le questionnait, et, lui tournant brusquement le dos, s'enfonça
10 dans la foule.

Une femme aux cheveux outrageusement roux eut la même
réaction. Elle s'empressa d'en avertir le voisinage.

« Cet homme à la casquette est armé, prenez garde. »

L'hostilité, la méfiance encerclaient Gorgio, il ne pouvait tout
15 de même pas se débarrasser de son arme pour les apaiser.

Il aperçut enfin un gendarme juché sur une petite estrade qui
s'efforçait de guider la foule dans les bonnes directions. Celui-là
au moins ne serait pas épouvanté par une mitraillette !

....
1. **Dispensaire** : établissement où l'on donne gratuitement des soins médicaux
courants.

« Hé, là-bas, capitaine ! cria-t-il, espérant l'amadouer en le gra-
20 tifiant d'un grade élevé.

– Que me veux-tu ? » hurla l'autre.

Essayant de camoufler son fusil, Gorgio manœuvra le plus
habilement possible pour atteindre l'homme perché sur son piédestal [1]. En avançant il réalisa que son arme lui rendait service ;
25 grâce à celle-ci les gens s'écartaient pour le laisser passer.

Suant à grosses gouttes, le gendarme relevait de temps à autre
son képi pour se tamponner le front d'un large mouchoir.

« Il me faut une ambulance vite. Très vite ! lui cria Gorgio.

– Une ambulance pour qui ? » répliqua Fodl [2] tout en gardant
30 l'œil fixé sur la voiture d'un notable [3] qu'il venait d'extirper avec
peine du chaos. Il avait rapidement reconnu et respectueusement
salué ce dernier dont la photo revenait périodiquement en première page des journaux.

« Là-bas, près de l'hôtel de ville, quelqu'un se meurt.
35 – Quelqu'un se meurt ! »

Le gendarme haussa les épaules :

« Quelqu'un se meurt ! répéta-t-il. Qui ça, quelqu'un ?

– Je ne sais pas… Une femme. Une jeune femme.

– Une jeune femme ! Mais ici, tout le monde crève… C'est le
40 monde entier qui croule ici !

– Réponds-moi, insista Gorgio. L'hôpital est détruit. Où
faut-il que j'aille pour trouver du secours ?

– Je n'en sais rien, répliqua l'autre excédé. C'est qui, cette
femme ? Une parente à toi ?
45 – Non, je ne la connais pas

– Elle n'est même pas de ta famille ?

– Quelle importance ! »

....

1 . **Piédestal** : support assez élevé.
2 . Nom du gendarme.
3 . **Notable** : personne à laquelle sa situation sociale confère une certaine
autorité.

« – Ne viens pas m'embêter avec tes réponses et tes questions.
Je ne peux pas être partout à la fois, et tu vois bien tout ce que
50 j'ai à faire. Tu pourrais m'aider à mettre de l'ordre dans ce cham-
bardement plutôt que de t'occuper des morts.

– Elle n'est pas morte, je te dis. Elle a été blessée…

– Par quoi ?

– Une balle en plein dos. »

55 Fodl le toisa avec méfiance :

.« Cette balle, c'était la tienne ? »

Gorgio ne daigna pas répondre.

« Tu l'as quittée depuis combien de temps ?

– Plus d'une heure.

60 – Alors je te le dis, avec une balle en plein dos, cette femme-
là, à présent, n'est plus qu'un cadavre… Ne me fais plus perdre
mon temps avec des choses inutiles ! »

Durant quelques secondes Gorgio pensa que le gendarme
avait raison et qu'on ne pouvait pas survivre à cette sorte de bles-
65 sure ; il perdait son temps à s'agiter, à s'inquiéter. Pourquoi
s'obstinait-il ainsi ? Il regretta ses heures de solitude dans
l'immeuble aux trois quarts démoli. Là il était son seul maître, là
il régnait. Là il fouillait dans les armoires, essayait divers vêtements, et même, par amusement, des robes de femme. Il utilisait
70 parfois des fards, des parfums, jouait divers personnages face aux
multiples miroirs de la salle de bains.

D'autres fois il écoutait de la musique ou lisait, vautré sur un
canapé. Il lisait, lisait, lisait comme jamais auparavant ! De temps
à autre, pour se donner l'impression d'exister, de prendre part au
75 combat, il visait un passant ou les pneus d'une voiture égarée. Il
tirait de plus en plus juste et ratait rarement sa cible.

Ayant décidé une fois pour toutes que ceux qui passaient dans
cette rue étaient des ennemis, ou du moins des adversaires,
Gorgio n'éprouvait aucun scrupule à les descendre, il en ressen-
80 tait plutôt de la fierté. Ennemis de qui, de quoi ? Il préférait ne
pas trop s'interroger à ce sujet.

D'ici quelques jours il ferait un rapport à son camp, à ceux qui lui avaient confié cette arme. Drôle de camp qu'il avait rejoint dès le début des hostilités. Un camp qui fusionnait tantôt avec
85 ceux-ci, tantôt avec ceux-là, se coalisant[1], se divisant, se subdivisant, se ralliant de nouveau. Gorgio en perdait le nord et se demandait si tout cela lui importait encore.

Il palpa sa longue poche, y glissa sa main, reconnut une fois de plus le carnet de moleskine et se sentit de nouveau rassuré.
90 Quelle part de son caractère intempestif[2], brouillon, s'accordait-elle à toutes ces pensées inscrites, page après page, dans une écriture qu'il s'appliquait à rendre lisible : « Les gens gagnent à être connus… ils y gagnent en mystère. » Jean Paulhan, se souvint-il. Quel était son propre mystère ? Le découvrirait-il
95 un jour ?

« Alors, tu viens m'aider ? vociféra Fodl. En les menaçant de ta mitraillette tu pourrais calmer cette foule et la faire reculer. Ils m'encerclent de partout, ils vont bientôt m'étouffer. Aide-moi à mettre de l'ordre dans ce bordel. Si on t'a confié une arme, c'est
100 pour que tu t'en serves. Réponds-moi. Eh ! tu t'en vas ! Tu repars ? Fils de salaud ! Gueule d'assassin ! Je te connais, c'est de dos que tu attaques. Disparais ! Surtout ne me pose plus de questions. Jamais plus ! »

Le gendarme trépignait, écumait de fureur[3]. Poursuivi par ses
105 hurlements, Gorgio s'éloigna aussi rapidement que possible. Il se sentait perdu et sans repères. Il eut soudain envie de se perdre dans cette foule ; de sombrer dans cette multitude démunie, dépossédée, pourchassée, et qui le rejetait à cause de cette mitraillette.
110 Il chercha à s'en débarrasser. Elle lui pesait soudain, déformant, trahissant sa propre personne. Il chercha à s'en défaire

....

1. **Se coalisant** : s'alliant.
2. **Intempestif** : grossier.
3. **Écumait de fureur** : était au comble de l'exaspération.

La guerre en images

Les ravages de la Seconde Guerre mondiale

« Autour, les arbres déracinés, la chaussée défoncée, les taches de sang rouillées sur le macadam, les rectangles béants et carbonisés des immeubles prouvaient clairement que les combats avaient été rudes » (chap. 1, p. 39).

Dans *Le Message*, Andrée Chedid évoque des paysages de chaos qui témoignent de la violence de la guerre. À bien des égards, ils rappellent ceux que le monde découvre en 1945, au sortir de la Seconde Guerre mondiale. L'ampleur du désastre est sans précédent. Outre le traumatisme engendré par les camps de la mort et l'apocalypse nucléaire, d'importants dégâts matériels marquent durablement les pays engagés dans le conflit. Les bombardements nazis et alliés ont intégralement détruit certaines villes, les infrastructures de transport et de production, et les sans-abris se comptent par millions.

© AFP

▲ Dans la ville de Caen rasée par les bombardements, un soldat américain accompagne une femme âgée à travers les ruines (juin 1944).

En France, de nombreuses villes stratégiques ont été détruites en totalité ou en partie : c'est le cas du Havre, de Lorient, de Saint-Nazaire, de Cherbourg ou encore de Brest, comme le rappelle Jacques Prévert dans son poème « Barbara » (voir « Groupement de textes n° 1 », p. 158-159). Cette photographie témoigne du terrible bombardement qui réduisit en ruines la ville normande de Caen lors du débarquement allié, faisant de très nombreuses victimes ; mais elle met aussi en valeur, au cœur de la désolation, la solidarité des hommes, illustrée par le geste de ce soldat américain.

▲ Richard Peter, *La Bonté regardant Dresde* (1945).

Dans la nuit du 13 au 14 février 1945, alors que la guerre semblait déjà perdue pour l'Allemagne, la ville de Dresde, qui n'était pourtant un objectif ni militaire ni industriel, est détruite par des centaines de milliers de bombes larguées par l'aviation anglo-américaine. L'ampleur du massacre (près de 20 000 morts) et des destructions en fait une des villes martyres de la guerre. Prise du haut de l'hôtel de ville en septembre 1945, cette photographie de Richard Peter (1895-1977) tire sa force du point de vue en plongée qu'a choisi le photojournaliste allemand : la statue – une allégorie de la Bonté – semble, comme le spectateur, porter sur ce chaos un regard effaré...

Allégories de la paix

« Avec ses bottes gigantesques aux semelles de plomb, l'Histoire rabâche, broyant sur son passage les hommes et leurs lieux » (chap. 2, p. 42).

L'allégorie est une figure consistant à représenter une idée abstraite par une image ou un récit. Cette forme de personnification, utilisée aussi bien en littérature (comme le montre l'extrait du *Message* ci-dessus) que dans les arts plastiques, recourt souvent à des symboles codifiés pour mettre la force de l'image au service d'une leçon ou d'une critique.

▲ Élisabeth Louise Vigée Le Brun, *La Paix ramenant l'Abondance* (1780), Paris, musée du Louvre.
Ce tableau d'Élisabeth Vigée Le Brun (1755-1842) est composé de deux allégories. La Paix porte un manteau bleu ainsi que ses attributs traditionnels – le rameau d'olivier et la couronne de laurier. Elle embrasse l'Abondance, jeune beauté associée à la fécondité, suggérée par son sein découvert, ainsi que par les blés et la corne d'abondance qu'elle tient dans ses mains. La toile illustre l'idée développée par Damilaville quelques années plus tôt dans son article de l'*Encyclopédie*, selon lequel la paix donne « la vigueur des empires », « favorise la population, l'agriculture et le commerce » et « procure au peuple le bonheur qui est le but de toute société » (voir « Groupement de textes n° 2 », p. 165).

◀ Honoré Daumier, *La Paix. Idylle* (1871), Saint-Denis, musée d'Art et d'Histoire. Graveur, caricaturiste et sculpteur, Honoré Daumier (1808-1879) fait paraître cette gravure en mars 1871, dans *Le Charivari*, un quotidien satirique. Quelques mois après la fin de la guerre franco-prussienne (1870-1871), Daumier dessine une allégorie ironique : alors que le titre annonce un tableau bucolique, la gravure donne à voir la Mort, au milieu d'un paysage en ruines parsemé d'ossements. Jambes croisées, chapeau fleuri et enrubanné sur la tête, elle a les traits d'un squelette assis jouant de la trompette : pour Daumier, la paix que la France s'apprête à signer en 1871 est un désastre pour le pays.

© akg-images

▶ Gabriele Galantara, *La Guerre et la Paix avec leurs attributs respectifs*, caricature publiée dans *L'Assiette au beurre* (22 juin 1907). En 1899 puis en 1907 eurent lieu deux conférences internationales de la paix qui contribuèrent à la mise en place, en Europe, d'une politique de désarmement. C'est de cet idéal utopique d'une Europe sans conflit que se moque *L'Assiette au beurre*, une des revues humoristiques et satiriques les plus connues au début du XXe siècle. Si tout oppose les deux allégories ici réunies – les couleurs, la taille, l'attitude –, le célèbre caricaturiste italien Gabriele Galantara (1865-1937) montre aussi que la Paix, fragile et soumise, comme la colombe en cage qu'elle porte, ne peut rien contre la Guerre, monstrueuse, sanglante et invincible.

© Collection Kharbine-Tapabor

© Marc Riboud

▲ Marc Riboud, *Jeune Fille à la fleur* (1967), Washington (États-Unis).
Entre 1961 et 1975, une guerre oppose la République du Viêt-Nam (le Viêt-Nam du Sud), soutenue par les États-Unis, à la République démocratique du Viêt-Nam (le Viêt-Nam du Nord communiste), aidée par l'URSS et la Chine. Particulièrement violente et meurtrière, cette guerre est l'objet d'une forte contestation dans les rangs de la jeunesse américaine. C'est ce dont témoigne Marc Riboud (1923-2016) par cette photographie prise le 21 octobre 1967 lors d'une manifestation estudiantine devant le Pentagone (État de Washington). Sur cette image, la jeune fille prend une dimension allégorique et universelle (voir « Histoire des arts », p. 173).

Le dessin de presse : une arme contre la guerre

La tradition du dessin de presse remonte au développement de la presse imprimée au XIXᵉ siècle : avant la mise au point de la photographie, les événements sont illustrés par des dessins. Très vite, ces derniers, vecteurs d'information accessibles à tous, se font critiques. Personnification, caricature, ironie et allégorie – les dessinateurs de presse utilisent tous ces procédés pour dénoncer les travers des hommes et de notre monde.

▲ Patrick Chappatte, *2014, Centenaire de la Première Guerre mondiale* (2014).
Patrick Chappatte, né en 1967, est un dessinateur suisse qui signe des dessins pour des grands titres de la presse suisse et américaine. En 2014, il commémore à sa manière le début de la Première Guerre mondiale : sur la place paisible d'un village, un monument aux morts, fleuri de quelques bouquets, rappelle le combat héroïque des soldats de la guerre de 14-18. La présence incongrue d'un énorme hachoir à viande dit de façon métaphorique, mais violente, l'horreur de la guerre, et reprend à la lettre les expressions qui la comparent à une « boucherie » et les soldats à de la « chair à canons ».

▲ Plantu, *Fichez-nous la paix !* (1993), *Le Monde*.
Ce dessin de Plantu représente des membres de l'Organisation des Nations unies (ONU),
fondée en 1945 et dont la mission première est de maintenir la paix et la sécurité dans le
monde. Dans un mouvement de panique, ses membres indiquent à une colombe déconcertée,
par des gestes et des panneaux, la direction à prendre… Ici, le pessimisme du dessinateur
est manifeste : à la fin du XXᵉ siècle, les conflits sont si nombreux que la paix semble impossible.

Le septième art pour dénoncer les guerres contemporaines ?

Au cours du XXᵉ siècle, le film de guerre devient un genre cinématographique à part entière. Pendant la Seconde Guerre mondiale, il se rapproche parfois de la propagande et sert à justifier le conflit en célébrant l'engagement de soldats héroïques. Mais la réalité des affrontements et les traumatismes subis poussent aussi le septième art à porter un regard critique sur ce fléau. Dans les années 2000, la guerre en Irak, menée par une coalition dirigée par les États-Unis, inspire à l'industrie cinématographique de nombreux films, aux intentions diverses.

◀ Affiche du film *Battle for Haditha* de Nick Broomfield (Royaume-Uni, 2007). Avec *Battle for Haditha*, le réalisateur britannique Nick Broomfield s'empare d'un fait réel, un crime de guerre commis en 2005 par des *marines* américains à Haditha, en Irak : pris pour cibles d'un attentat, les soldats massacrent vingt-quatre villageois en représailles, parmi lesquels se trouvent des enfants. Proche du documentaire, le film adopte aussi bien le point de vue des soldats américains obnubilés par leur survie, que celui des insurgés cachés ou des civils pris entre deux feux. Le réalisateur montre ainsi la surenchère de violence que provoquent les conflits armés, et l'engrenage implacable qui entraîne toujours plus de barbarie.

▶ Affiche du film *American Sniper* de Clint Eastwood (États-Unis, 2014). *American Sniper* de Clint Eastwood se présente comme le récit de l'engagement de Chris Kyle : tueur d'élite dans l'armée américaine, il a été envoyé en Irak à quatre reprises au cours des années 2000. Si le film dit de façon brutale l'infamie de la guerre et les traumatismes subis par ceux qui y prennent part, certains critiques ont reproché à son réalisateur de glorifier le soldat zélé sans s'interroger sur la légitimité de l'intervention américaine en Irak.

sans y parvenir. Qui était-il au fond ? Il ne l'avait jamais su, il se sentait perdu.

Les jurons, les malédictions du gendarme continuaient de
115 l'atteindre, le transperçant comme des flèches.

Toujours agrippé à son arme, dont il n'arrivait pas à se débarrasser, il décampa [1] en vitesse.

La voix criarde de Fodl le poursuivit un long moment. La distance l'amenuisa. Les cris se dissipèrent peu à peu.

[52]

Marie s'agitait, haletait, respirait de plus en plus mal, tentait de toutes ses forces de se maintenir en vie jusqu'à l'arrivée de Steph.

Par instants, elle était convaincue qu'elle n'y parviendrait pas.
5 La blessure était grave, elle le sentait bien, malgré ses efforts pour la sauver, le vieil homme n'y pouvait plus rien. À d'autres moments, elle se persuadait qu'elle allait vivre et vaincre l'aveugle mort.

Elle souhaitait surtout être encore vivante pour l'arrivée de
10 Steph et partager avec lui quelques minutes. Elle devait s'y appliquer, se rassembler, tenir le coup ; s'ancrer à l'existence jusqu'à cette dernière rencontre.

Elle respirait le plus calmement possible, ménageant son énergie, s'agrippant à l'espoir, tandis que l'existence s'effritait,
15 s'émiettait comme du sable.

Son travail de tant d'années, ses photos récoltées aux quatre coins du monde ne lui appartenaient plus. Les chagrins s'effaçaient, les succès s'éclipsaient. Tout s'éloignait, tout paraissait
....
1. **Décampa** : se sauva, prit la fuite.

vain. La vie n'était que bref passage sur cette mystérieuse planète
20 qui continue de pirouetter, imbue de [1] son importance, comme
une danseuse étoile sur la scène des astres ! Comment peut-on se
prendre au sérieux quand l'existence est si éphémère et qu'elle ne
cesse de courir vers sa fin ?

Marie s'élançait pourtant avec passion vers de nouvelles aven-
25 tures, vers de nouveaux projets ; l'absurde vie s'illuminait sans
cesse de lueurs et d'étincelles. L'élan renaissait, justifiant l'existence et l'émerveillement d'être au monde.

Marie s'était mise à croire de plus en plus fort à l'arrivée de
Steph.
30   Elle s'attendait à le voir surgir d'un instant à l'autre, les coudes
au corps, dévalant la grande rue. Magnifique, rayonnant, se préci-
pitant jusqu'à cet endroit où elle gisait étendue, enveloppée dans
le châle multicolore d'Anya.

Elle souhaitait qu'on la redresse pour ne rien perdre de cette
35 course. Elle remua et gémit pour se faire comprendre.

Anya comprit. Aidée par Anton, avec d'infinies précautions,
elle la fit asseoir face à la rue, et s'installa derrière elle, les jambes
écartées, l'adossant contre sa poitrine. La rue s'étalait, large,
visible.
40   « C'est bien, mes yeux voient encore », se dit Marie.

La plaie saignait toujours. Les lambeaux de la chemise
blanche qu'Anton avait transformée en pansements, étaient macu-
lés de sang.

« Ma petite fille, tu verras comme il t'aime », lui souffla Anya.
45   Marie ne fut plus que ce regard tendu vers l'horizon.

....
1. **Imbue de** : fière de.

[53]

Gorgio traversa facilement le pont. Il se félicitait d'avoir conservé sa mitraillette ; la seule vue de l'arme poussait les gens à s'écarter.

Parmi le flot des réfugiés, à pied ou en auto, à bicyclette, en
5 carriole, en camion ou même en fiacre, il ne croisa aucune ambulance.

Un peu plus loin, un homme d'une soixantaine d'années aux cheveux gris, d'imposante stature, portant cravate et veston, s'acharnait à mettre de l'ordre dans ce capharnaüm [1]. Gorgio
10 s'approcha :

« Je cherche une ambulance. Je viens de traverser le pont. Dans quelle direction faut-il aller ? »

Sur le point d'abandonner à leur triste sort cette foule en débâcle [2] et ce ramassis de véhicules, l'homme, épuisé,
15 s'empressa de rejoindre son interlocuteur.

« Aucune chance de ce côté-ci. Il faut que tu retraverses le pont et que tu te diriges vers le musée. Une fois là, tu bifurqueras… »

Du coin de l'œil il venait d'apercevoir la mitraillette. Était-ce la peur ou une soudaine considération pour ce gamin porteur
20 d'arme, il adopta, soudain, le vouvoiement :

« … Vous bifurquerez sur votre gauche. À peu de distance vous trouverez un poste permanent de gendarmes, et de pompiers, des ambulanciers aussi.

– L'hôpital a été entièrement détruit, dit Gorgio.
25 – Je sais, j'habitais à côté.

– Et maintenant ?

– Je suis comme tout le monde… Je fuis !

– Avec votre famille ? »

....
1. **Capharnaüm** : lieu très encombré et en désordre.
2. **Débâcle** : fuite.

– Ma famille est à l'abri, à l'étranger, depuis longtemps.
30 J'avais tout prévu… Mais c'est pire que tout ce que j'avais ima-
giné. Quel désastre !

– Pourquoi êtes-vous resté ?

– J'avais des affaires à régler. »

Craignant d'en avoir trop dit, il posa une main paternelle sur
35 l'épaule de Gorgio, et revenant au tutoiement :

« Tu es un brave ! Et c'est une belle arme que tu possèdes là !

– Je repars, conclut Gorgio. Cette ambulance c'est urgent. Il
faut que je la trouve très vite. Du côté de l'hôtel de ville quelqu'un
se meurt…

40 – Quelqu'un ? » demanda l'homme ébahi.

Cet individu lui semblait moins agressif que le gendarme mais
Gorgio ne souhaitait pas entamer de nouveau une polémique, il
avait déjà perdu assez de temps :

« Bonne chance pour vous et votre famille ! » lança-t-il en tour-
45 nant les talons.

[54]

Steph courait, courait vers l'immeuble de Marie. Il monterait
à pied les cinq étages, il sonnerait à la porte, il la verrait enfin, à
moins qu'elle ne soit déjà dans la rue.

Il se ferait pardonner, il le savait. Ils se pardonnaient toujours.
5 Malgré la tragédie qui s'était abattue sur ce petit pays, il ne pensait plus qu'à une chose : la rejoindre. Ensemble, ils décideraient
de ce qu'il restait à faire. Dorénavant, il prendrait toujours son
avis.

Les ruelles étroites, qu'il franchissait au pas de course,
10 s'ouvriraient bientôt sur la grande rue qui glisse en légère pente

vers le quartier où se situe l'appartement que Marie avait loué
pour un an. Le centre de la ville se trouvait plus loin et grouillait
d'une population inquiète, excédée[1]. Le quartier de Marie, qui
avait subi les premiers bombardements, s'était vidé de sa popula-
15 tion ; quelques personnes y demeuraient encore dans une relative sécurité.

En habitué du jogging, Steph courait sans s'essouffler. Ses
mollets avaient gardé leur élasticité, ses pieds rebondissaient dans
leurs baskets à triple semelle, ses articulations étaient souples. Il
20 respirait à grandes goulées, sans haleter. La jeunesse était un privilège, il en était conscient. Combien de temps durerait-t-elle ?
Steph était persuadé qu'en disciplinant son corps, cela pouvait
durer des années… Il se sentait fort, capable de franchir tous les
obstacles ; capable de lutter plus tard contre les affaiblissements
25 de l'âge.

Steph s'élance toujours… Dans quelques secondes il atteindra
la grande rue.

Si Marie guette à sa fenêtre elle pourra l'apercevoir, de très
loin, accourant vers elle.

[55]

Marie l'aperçut de loin.

De très loin Marie l'aperçut.

Elle l'a tout de suite reconnu, tout au bout de la rue, dévalant
vers elle. Des ondes circulent dans son corps ; elle les ressent dans
5 sa nuque, dans ses bras, dans sa poitrine. Elle ne sait plus qui
remercier.

....

1. **Excédée** : ici, totalement épuisée, exténuée.

Son visage irradie. Elle murmure :

« C'est toi, mon amour. »

Les mots renaissent. L'œil voit plus clair. Les mains se
10 mobilisent, les doigts se tendent. Elle voudrait chanter, célébrer
tout ce qui remue et rythme l'univers. Elle se contente de
savourer ce bonheur, de s'en délecter, de se couler dans cette
houle de joie que la vie lui offre. Il lui suffit – tandis que Steph
court vers elle – de se laisser porter, transporter par cette
15 rivière heureuse.

Steph se rapproche, Steph grandit à chaque foulée. Marie
s'ancre dans la vie, s'amarre à l'existence aussi fort qu'elle
peut. Leur amour aura lieu. Ils vont bientôt se réunir, se
rejoindre. Son corps ne la trahira pas. Elle lui fait confiance.
20 Quelques minutes, quelques minutes encore : l'amour est en
chemin. Elle y croit tellement. Tellement.

À leur stupéfaction Anya et Anton viennent de reconnaître le
jeune homme qui descend la pente en courant, son chandail bleu
capte la lumière. Comment est-ce possible ? Elle était sûre de
25 l'avoir vu disparaître. Pourtant il est là. Bien là. C'est lui, Steph,
elle ne peut en douter. Anya se rapproche pour maintenir Marie
bien adossée contre elle, presque assise.

« Tu vois, petite, je te disais qu'il viendrait… »

Anton, debout, fait de grands signaux vers Steph pour lui indi-
30 quer la place où ils se trouvent. Sans prendre garde, ce dernier
poursuit, à toute vitesse, sa course en avant.

« Bientôt, bientôt il sera auprès de toi », répète Anya.

Steph fonce droit devant lui, en direction de l'immeuble, sans
apercevoir le petit groupe tassé au bord du trottoir.

35 « Par ici, par ici jeune homme ! » hurle Anton.

Steph continue de courir tout droit sans rien voir. Anton descend au beau milieu de la chaussée ; jambes et bras écartés, il
occupe toute la place. Il crie, il multiplie les signaux :

« Ici. C'est par ici. »

40   Steph se demande pourquoi ce vieil homme cherche à lui barrer le passage.

Steph s'immobilise. Lui et Anton se font face.

« Pourquoi m'arrêtez-vous ? Qu'est-ce qui se passe ? Je suis pressé.

45   – Venez. C'est par ici. »

Steph ne comprend pas.

Anton lui saisit le bras.

« Ce n'est pas la peine d'aller plus loin. C'est ici. »

Le temps reste en suspens.

[56]

Sur le marchepied de l'ambulance, qu'il vient de réquisition-ner[1], Gorgio se tient debout, l'arme en bandoulière.

Il indique au chauffeur le chemin à suivre. Il la connaît par cœur sa cité, avec ses places, son fleuve, son grand port, sa cor-
5 niche[2] bordant la mer, ses quartiers résidentiels, ses maisons misérables, ses campements, ses boutiques, à présent éventrées, ses immeubles vomissant leurs pierres, ses vitres brisées entas-sées sur les trottoirs, ses chaussées défoncées, sa fausse splendeur de jadis, ses misères d'aujourd'hui.

10   Les trois infirmiers se sont aguerris[3]. En quelques mois ils ont vécu plus de drames, découvert plus de tragédies qu'en toute

....

1. **Réquisitionner** : mobiliser, s'approprier de force.
2. **Corniche** : rue qui longe et souvent surplombe la mer.
3. **Se sont aguerris** : se sont endurcis.

une vie. Ils ont soigné des brûlés, des balafrés [1], des plaies saignantes, des gangrènes [2], des blessures dues à des coups de feu ou à des poignards…

15   Ils en auront vu des blessés et des morts, des estropiés [3] et des cadavres. Par dizaines ! Ils se sont endurcis, au point d'en devenir presque indifférents… Sauf l'un deux, aux cheveux grisonnants ; celui-ci s'émeut parfois jusqu'aux larmes. Ce qui ne fait qu'agacer les deux autres.

20   « Tu es trop émotif. Reste derrière nous, ne t'approche que si on a besoin de toi.

– À quoi ça sert de les plaindre ? Ça te fait perdre tous tes moyens. »

Gorgio ne leur a pas révélé le but de leur déplacement. C'est 25 là son affaire. Il suffit qu'ils lui obéissent, qu'ils l'accompagnent, qu'ils sauvent la jeune femme. Ils sont équipés pour cela.

« Tourne à gauche, ensuite à droite, maintenant tout droit, ordonne-t-il au chauffeur, sans lui révéler l'emplacement final.

« Où nous conduis-tu ? s'énerve l'homme au volant.

30   – C'est mon affaire. Moi, je le sais. »

Gorgio éprouve de la fierté de pouvoir soumettre à ses décisions ces quatre individus avec tout leur équipement, mais il s'inquiète aussi de cette heure perdue à les chercher. Pourvu que ce ne soit pas trop tard.

35   Le chauffeur n'ose plus poser de questions ; il envierait même l'autorité de ce jeune franc-tireur. Il se promet de se procurer un revolver aussitôt que possible.

Les trois infirmiers chuchotent et se disent qu'il s'agit sans doute de quelqu'un de la plus grande importance et grièvement

....

1. **Balafrés** : individus blessés, entaillés.
2. **Gangrènes** : maladies qui touchent les membres du corps qui ne sont plus irrigués par le sang – l'amputation est souvent la seule solution.
3. **Estropiés** : qui sont privés de l'usage d'un de leurs membres ; handicapés, infirmes.

⁴⁰ blessé pour que ce jeune homme, si solidement armé, ait été dépê-
ché à sa rescousse.

Tandis qu'il les toise, eux le considèrent avec crainte et respect.
Il n'est pas question de lui désobéir.

« C'est encore loin ? ose le chauffeur.

⁴⁵ — Tu verras bien », rétorque Gorgio.

[57]

S'accrochant à son bras, Anton entraîne Steph de force vers le
trottoir. Steph continue de se débattre.

« Laissez-moi, je ne peux rien pour vous. Je suis pressé. Ma
femme m'attend, elle est en danger.

⁵ — C'est ici qu'on t'attend. Ici. Elle est ici.

— Qui, elle ?

— Ton amie, ta femme.

— Mon amie ?

— Elle a été blessée. La balle d'un franc-tireur l'a atteinte en
¹⁰ plein dos, au milieu de cette rue, pendant qu'elle courait te
rejoindre », raconte Anton dans un souffle.

Steph résiste encore.

« Approchez. Vous la reconnaîtrez. »

Assise entre les jambes d'une femme aux cheveux blancs,
¹⁵ Steph a d'abord du mal à la reconnaître.

« C'est toi ? Marie, c'est toi ? »

Il finit par distinguer son visage derrière ce masque blême et
crispé :

« C'est toi ? »

²⁰ C'était elle ! Ces lèvres pâles, ce teint verdâtre, ces cheveux
bruns collés au crâne par la sueur, cette face marquée par la douleur. C'était bien elle ! Ce large front, la finesse de ce nez, cette
bouche haletante, il les reconnaissait malgré leur pâleur.

Steph se jeta à genoux, saisit les deux mains de Marie et les
25 couvrit de baisers :

« Qu'est-il arrivé ? »

Elle frissonna, les lèvres tremblantes. Des vagues de froid parcouraient son corps. Ses yeux pourtant s'illuminaient d'une joie indescriptible.

30 Plus rien n'existe que ce moment.

Steph et Marie se touchent, se reconnaissent :

« Comme ils s'aiment », murmure Anya.

Marie aurait voulu expliquer, raconter son dernier parcours, la certitude de le rejoindre devant le pont, cette balle qui est
35 venue tout interrompre. Le pont n'était qu'à une vingtaine de minutes de distance, elle avait été certaine d'y parvenir à l'heure indiquée.

Elle aurait voulu lui dire le bonheur de sa lettre, combien il avait raison, que la seule force vive était celle de l'amour.
40 L'amour, elle le vivait en cet instant, intensément, même si la mort devait suivre. La mort suivait toujours… Elle aurait voulu lui livrer ces pensées qui s'amoncellent, mais les paroles se reliaient mal, s'éparpillaient en chemin, ne parvenaient pas jusqu'à ses lèvres.

45 Il fallait abandonner cet effort inutile, se laisser porter.

Steph s'efforçait de cacher son désarroi [1], et, se tournant vers Anton :

« L'hôpital ? Où se trouve l'hôpital ? »

Il se sentait capable d'emporter Marie dans ses bras jusqu'au
50 lieu où on la soignerait, où on la guérirait.

« Vite, vite, répondez-moi ! »

Anton lui fit signe d'approcher :

« Il ne faut pas la bouger. Je suis médecin. Sa blessure est fatale. Elle est restée en vie pour vous attendre. Le moindre geste
55 hâterait sa fin.

....

1. **Son désarroi** : son angoisse, sa détresse.

« – Et si je n'étais pas venu ?

– Elle serait morte depuis un long moment. »

Steph se souvint de sa déception, de sa fureur devant le pont, de son départ précipité, de cet imprévisible changement. Cette
60 décision, folle, insensée, l'avait empoigné, foudroyé, précipité sur le chemin du retour.

« Ma femme et moi lui disions que vous arriviez… Nous vous expliquerons plus tard.

– Je veux être certain qu'il n'y a plus rien à faire.

65 – Quelqu'un est parti chercher une ambulance. Il ne devrait pas tarder.

– Qui ça ?

– Quelqu'un qui passait par là, il y a plus d'une demi-heure, un franc-tireur je crois.

70 – Un franc-tireur, celui qui a tiré cette balle ?

– Je ne sais pas, répliqua Anton. Il semblait bouleversé. C'est lui qui va ramener l'ambulance. J'en suis certain. Il fallait que quelqu'un reste auprès de Marie. On ne pouvait pas la laisser seule. Ma femme a couru vers le pont pour vous donner ces
75 quelques mots que Marie avait griffonnés pour vous. »

Il tira la photo de sa poche, la lui montra. Steph lut : « Je venais… »

« Ne perdez plus de temps, insista Anton, restez auprès d'elle. C'est ce que vous avez de mieux à faire.

80 – Prenez ma place », dit Anya.

Steph s'accroupit, adopta avec précaution la même posture que la vieille ; aperçut la plaie dont Anton avait tenté d'arrêter le saignement. Il adossa Marie contre sa poitrine et lui parla à l'oreille, lentement. Des mots usés, des mots neufs, des mots
85 denses, chargés d'amour. Des mots inépuisables. Des mots simples, des mots vrais :

« Je t'aime. Tu es ce qui m'anime. Je n'ai aimé que toi. »

Marie ne peut retenir la vie qui s'écoule, mais elle glisse, apaisée, vers l'autre rive. Il ne lui faut rien, plus rien que ces bras qui
90 l'encerclent et l'écho de ces mots qui lui parviennent encore.

Marie sait que sa fin est proche. Elle s'y prépare. Elle ne lui résiste plus.

Dès son jeune âge Marie songeait à la mort. La traitant d'abord en ennemie, l'apprivoisant peu à peu, l'adoptant enfin
95 comme une compagne qui vous apprend la valeur de la vie.

Comment, le jour venu, lui ferait-elle face ? Cela, elle ne le savait pas encore.

Marie avait si souvent fixé sur sa pellicule les drames, les catastrophes naturelles, les guerres, les révolutions ; toutes ces
100 épreuves que l'humanité ne cesse de subir. Toutes ces saignées [1], toutes ces sentences [2] d'un univers aux prises avec son propre chaos ou celui qu'on lui impose. D'épreuves en épreuves, ses yeux s'étaient ouverts.

Elle ne se résignait pas à ces destructions, à ces carnages, à
105 cette mort répugnante, vénéneuse qui surgissait sur tous les continents. Celle-là était inacceptable. Mais l'autre ?

Elle tentait d'imaginer un monde d'où la mort serait exclue, ce monde-là deviendrait démentiel avec l'enchevêtrement des générations, l'encombrement, les haines perpétuées, la confusion,
110 les détresses, les maladies sans limites, les conflits jamais dénoués, les temps jamais révolus... L'horreur d'une éternité parfaitement inhumaine. Peut-être que la vie même y perdrait son sens. « Dans sa sagesse la vie s'inventa la mort », se disait-elle.

Qu'elle vienne donc cette mort, elle l'acceptait à présent. Mais
115 pas trop vite. Pas trop vite. Un peu de temps encore... Encore un peu de temps...

Steph berçait Marie comme un enfant.

Il leva les yeux vers Anton et sa femme, tous les deux debout à une certaine distance, se tenaient par la main et les regardaient.

....
1. **Saignées** : ici, pertes humaines importantes au cours d'une guerre.
2. **Sentences** : peines.

120   Il eut soudain l'impression de se refléter dans ce couple, qu'ils auraient pu devenir, si la vie leur en avait laissé le temps.

    « Tu venais à moi, je le sais. À présent me voici. Je suis auprès de toi et je ne te quitterai jamais plus. »

    Il ne pouvait plus lui mentir, les événements se dérouleraient 125 d'une manière irréversible. Tous les deux le savaient.

    Marie éprouvait de moins en moins de douleurs. Elle naviguait au cœur de l'instant. Regrets, chagrins, ruptures, larmes se dissipaient.

    Le corps de Steph enveloppait son corps. Ses cuisses entou130 raient les siennes, son souffle tiède caressait sa nuque, sa joue. Ses baisers s'enchaînaient. Marie se sentait à l'abri dans une grotte profonde et lumineuse, dans un nid éclairé du dedans.

    Leurs joues se frôlaient, Steph posait ses lèvres sur ses tempes, sur ses cheveux. Ses paroles devenaient mélodie. Elles entrou135 vraient le passage, écartaient les murs, s'évasaient vers l'embouchure. Marie s'y glisserait, s'y faufilerait, en confiance.

    Le passage se déroula calmement, sans heurt. Marie s'évada en douceur vers une substance translucide [1], avant de n'être plus.

    Steph avait tout éprouvé. Tout ressenti.

140   Le visage baigné de larmes, il se dégagea, graduellement, étendit Marie sur le sol avec une attention extrême et se mit lentement debout.

    Puis il la regarda un très long moment avant de lui fermer les yeux.

145   Anya et Anton se tenaient là, immobiles.

....
1. **Translucide** : presque transparente.

[58]

L'ambulance déboucha en trombe avec d'impérieux[1] coups de klaxon.

« C'est ici, arrêtez-vous », cria Gorgio au chauffeur.

Toujours debout sur le marchepied, il s'étonna d'apercevoir
5   une troisième personne debout près du vieux couple.

Il sauta sur le sol, chercha des yeux la jeune femme blessée. Il était impatient de la retrouver, de lui annoncer qu'il venait lui porter secours et qu'il était bien décidé à la sauver.

Tenant toujours son arme, il avança en hésitant.

10   « C'est le franc-tireur, s'écria Anya.

– C'est le jeune homme qui est parti chercher l'ambulance. Il a tenu sa promesse. »

Steph fixa Gorgio avec méfiance. Avec son accoutrement, cette arme à ses côtés, il ressemblait à ces tueurs improvisés qu'on lui
15   avait souvent décrits.

Steph porta sa main vers la poche de son veston, s'assura que son revolver était en place. Il ne s'en était jamais servi.

S'apercevant de la manœuvre, Gorgio bredouilla :

« J'ai amené l'ambulance… Je l'ai cherchée partout. Cela m'a
20   pris beaucoup de temps. »

Les trois infirmiers venaient de mettre pied à terre à leur tour.

« … Les infirmiers vont s'occuper de la blessée, ajouta-t-il.

– C'est trop tard, s'écria Anya. Trop tard ! »

Anton avança vers les hommes en blouse blanche et plus bas :
25   « C'est trop tard. Elle vient de mourir. »

Gorgio recula de quelques pas. Sa randonnée avait trop duré ; il s'en voulut de chaque seconde perdue et se mit à trembler, à bredouiller.

Puis, se rapprochant de Steph :

....
1. Impérieux : autoritaires.

30   « Vous êtes de sa famille ? »

Ce dernier le repoussa brutalement.

« C'est toi qui rôdes dans le quartier ? »

Gorgio ne trouvait plus ses mots.

« C'est toi le tueur ? » insista-t-il en le bousculant.

35   Gorgio recula :

« Non… L'ambulance… c'est moi… je voulais la sauver.

– Je ne te parle pas de l'ambulance. Je te demande si c'est toi qui as tiré sur cette femme ? »

La mitraillette glissa à ses pieds. Les bras ballants, les yeux
40 exorbités, Gorgio fixait Steph sans trouver de réponse.

Tirant le revolver de sa poche, ce dernier s'approcha, l'arme au poing, tandis qu'Anton tentait de le retenir.

« Qui te dit que c'est lui ? Calme-toi, je t'en supplie. »

Le coup était déjà parti.

45   Gorgio le reçut en pleine poitrine et s'effondra.

Le carnet en moleskine tomba de sa poche. Quelques feuillets se dispersèrent.

« Vivre est gloire » flotta dans l'espace avant de rejoindre le sol.

Les infirmiers affolés se hâtèrent de regagner leur véhicule.

50   Le chauffeur, toujours à son volant, fit rapidement demi-tour.

L'ambulance s'éloigna en vrombissant.

TOUT POUR RÉUSSIR

QUESTIONS
SUR L'ŒUVRE
+
GROUPEMENTS DE TEXTES
+
ARTS ET MÉDIAS
+
VERS LE BREVET

Avez-vous bien lu ?

Testez votre lecture !

1. Comment s'appelle l'héroïne du roman ? Que lui arrive-t-il au début de l'œuvre ?

2. Qui cherchait-elle à rejoindre ?

3. En quoi ce rendez-vous était-il si important ?

4. Qui est Steph ?

5. Quel métier exerce Marie ?

6. Qui sont Anton et Anya ?

7. Quel souhait Marie exprime-t-elle à Anton et Anya ?

8. Comment aident-ils Marie ?

9. Combien de temps dure l'histoire racontée ?

10. Où et quand se déroule l'action ?

11. Quelle est la situation de ce pays ?

12. Que cherche à faire la population massée près du pont ?

13. Que fait Steph quand l'heure du rendez-vous a sonné ?

14. Comment se nomme le franc-tireur qui intervient dans le roman ? Que fait-il pour aider l'héroïne ?

15. Quelle est sa mission dans le quartier ?

16. Qu'est-ce qui a conduit ce jeune homme à s'engager dans les forces rebelles armées ?

17. Que fait-il pour occuper ses heures de veille et de guet dans l'appartement qu'il occupe ?

18. Résumez le dénouement.

19. Quels différents sens peut-on donner au titre du roman ?

20. Qu'est-ce qui est à l'origine de l'écriture du *Message* ?

Questions
de compréhension
et d'interprétation

➤ Extrait n° 1 : l'histoire de Marie

Le Message raconte l'histoire de Marie, qui s'écroule brusquement en pleine rue alors qu'elle tente de rejoindre Steph pour célébrer leur réconciliation et le renouveau de leur amour. Le récit s'ouvre au moment où elle est atteinte par une balle.

Le début d'un récit, l'*incipit*, terme qui vient du verbe latin *incipere*, signifiant « commencer », a traditionnellement plusieurs fonctions : celle d'informer, mais aussi celle de susciter l'intérêt et la curiosité du lecteur pour l'engager à poursuivre sa lecture.

Relisez le chapitre 1, p. 39-41, et répondez aux questions suivantes :

Un début informatif

1. Quelles informations fournit ce chapitre sur les personnages et leur situation ?

2. Que sait-on du cadre spatio-temporel ? Peut-on situer précisément l'intrigue ?

Le jeu des points de vue

3. Quel point de vue adopte principalement la narratrice ?

4. De « Marie ne veut pas en savoir plus » à « se précipiter à sa rencontre » (l. 15-22), repérez le temps utilisé et indiquez sa valeur. Relevez les phrases au discours indirect libre. En quoi ce procédé renforce-t-il la focalisation ?

Un début dramatique et tragique

5. En quoi ce début est-il dramatique ? En quoi est-il tragique ?

6. À l'aide de quelle figure de style l'amour est-il décrit dans le dernier paragraphe ? En quoi peut-on dire que l'image finale du « monde fluctuant, éphémère, de résistance et de durée » (l. 54-55) annonce l'intrigue à venir ?

Travail d'écriture

Réécrivez ce chapitre en focalisation externe. La narratrice, extérieure à l'action, doit être un témoin : elle ne donne aucune indication sur les pensées des protagonistes ni sur leurs sentiments, qu'elle ne connaît pas, et se borne à décrire les événements. Le lecteur, qui appréhende l'histoire à travers son regard, en sait donc moins que les personnages.

Distinguer les propositions

Recopiez la première phrase de l'extrait : combien de propositions cette phrase comporte-t-elle ? Repérez la proposition subordonnée et indiquez sa nature.

Comprendre l'accord du participe passé

Justifiez l'accord des participes passés suivants : « brûlée », « transpercée », « lâchée » (l. 15-16)

Utiliser l'imparfait de l'indicatif

De « Marie ne veut pas en savoir plus... » à « ... où Steph l'attend » (l. 15-19). Réécrivez ce passage à l'imparfait de l'indicatif.

➤ Extrait n° 2 : un roman sur la guerre

Le Message est un récit qui évoque la guerre. Marie est une victime de cette tragédie, et le franc-tireur Gorgio, un instrument de ce malheur.

Relisez le chapitre 35, p. 89-90, et répondez aux questions suivantes :

L'histoire de Gorgio

1. Quel est le rôle de Gorgio dans le conflit ? Pourquoi s'est-il engagé ?

2. Quel est l'attribut [1] de Gorgio ? De quoi est-il le symbole ?

Le tableau de la guerre

3. Relevez tous les éléments qui traduisent la situation de guerre.

4. À quel genre de conflit a-t-on affaire ? Quelles en sont les causes ?

L'image du chaos

5. Montrez que la confusion règne dans le pays.

6. Quelles questions se pose Gorgio ? Qu'expriment-elles ?

Travail d'écriture

Un jeune homme fuit la ville et le pays en guerre. Il croise Gorgio, son ami d'enfance, et découvre avec horreur son engagement. Il tente de le convaincre et de le persuader que ce conflit n'est qu'une abomination. À vous d'écrire la suite !

....

1. Attribut : ce qui appartient à un être, à une chose, ce qui lui est propre ; un signe distinctif.

➤ Extrait n° 3 : la leçon d'un roman universel

Dans *Le Message*, les histoires particulières de Marie et Steph, d'Anton et Anya, et de Gorgio, ainsi que le contexte spécifique de l'action nous concernent tous : ils dessinent le visage de l'humanité et du monde qui nous environne.

Relisez le chapitre 6, p. 49-50, et répondez aux questions suivantes.

La dimension universelle du roman

1. Qui parle selon vous ? Comment expliquez-vous l'emploi de l'italique ?

2. Comment l'autrice justifie-t-elle la dimension universelle de son roman ?

La dénonciation d'une humanité guerrière

3. Quels procédés sont utilisés pour montrer que la guerre est partout et de tout temps ?

4. Comment la narratrice confère-t-elle à son intervention une force persuasive ? Repérez et analysez les effets de rythme et les figures de style.

Un pessimisme profond

5. Quelle image de l'humanité cet extrait présente-t-il ?

6. Relevez les passages qui traduisent le désespoir de l'autrice.

Dictée

De « Dans la boue des rizières... » à « à la fois anonyme et singulière » (l. 4-10). Lisez attentivement ce passage. Repérez les difficultés orthographiques (soulignez les mots dont vous ne connaissez pas l'orthographe et entourez tous les accords) ; puis enregistrez-vous en utilisant la fonctionnalité « mémo vocal » de votre téléphone en lisant lentement ; enfin, réécrivez le paragraphe en entier sous la dictée de votre téléphone. Faites ensuite une autocorrection et recommencez jusqu'à ne plus faire de fautes.

Repérer les différents types de phrases

Relevez dans l'ensemble de l'extrait une phrase déclarative, une phrase exclamative et une phrase interrogative

Reconnaître la fonction des groupes de mots

Dans la phrase de la ligne 4 à la ligne 10, quelle est la fonction des groupes de mots juxtaposés dans le passage suivant : « Dans la boue des rizières, sur l'asphalte des cités, dans la torpeur des sables, entre plaines et collines, sous neige ou soleil » (l. 4-5)

Conjuguez au passé composé

De « Dans chaque corps torturé... » à « sombrent avant leur terme » (l. 17-19). Réécrivez ce passage au passé composé.

➤ Extrait n° 4 : un roman tragique

Dans la Grèce antique, la tragédie est une « œuvre lyrique et dramatique en vers [...], représentant quelque grand malheur arrivé à des personnages célèbres de la légende ou de l'Histoire, et propre à exciter la terreur ou la pitié [1] ». *Le Message* reprend certains ressorts du genre, exposant notamment dès l'*incipit* la menace terrible qui frappe Marie et contre laquelle la jeune femme lutte le temps du roman, avant d'accepter, « en confiance » (p. 141, l. 136), l'inévitable. Et, comme si la mort qui frappe l'héroïne ne suffisait pas, elle s'invite à nouveau au dénouement, ajoutant encore à l'émotion du lecteur.

Relisez le dernier chapitre, p. 142-143, et répondez aux questions suivantes :

Un dénouement tragique

1. On devine dès le début du chapitre qu'un événement tragique va survenir. Relevez ce qui contribue à créer une tension.

2. Repérez ce qui permet de rapprocher la fin du récit de celle d'une tragédie.

L'affrontement entre deux hommes

3. Comment se présente Gorgio face à Steph ? Pourquoi ? Comment les autres le voient-ils ? Peut-il échapper à son destin ?

4. Comment se justifie le geste de Steph ? Savons-nous ce qu'il pense ? Quel est l'effet produit ?

Une fin pessimiste ?

5. Pourquoi cette fin est-elle marquée par le désespoir ?

6. Relevez les éléments qui permettent cependant de croire en un avenir meilleur pour l'homme.

....
1. Dictionnaire *Le Robert*.

Travail d'écriture

a. « Qui te dit que c'est lui ? Calme-toi, je t'en supplie » (l. 43), dit Anton à Steph. Steph délibère en son for intérieur : tirera-t-il sur Gorgio ou non ? Rédigez la suite du récit. Votre texte sera écrit en focalisation interne pour mettre en valeur la réflexion du personnage et se terminera par « Le coup était déjà parti » (l. 44).

b. À partir de l'intervention d'Anton, « Qui te dit que c'est lui ? Calme-toi, je t'en supplie » (l. 43), imaginez une autre fin pour cette histoire.

Identifiez les temps verbaux

« "C'est ici, arrêtez-vous", cria Gorgio au chauffeur » (l. 3). Dans cette phrase, repérez les verbes et indiquez les temps auxquels ils sont conjugués.

Repérer les propositions subordonnées

De « Avec son accoutrement... » à « souvent décrits » (l. 13-15). Combien de propositions comporte cette phrase ? Relevez la proposition subordonnée relative.

Conjuguer au présent

De « Le coup était déjà parti... » à « se dispersèrent » (l. 44-47). Réécrivez ce passage au présent de l'indicatif.

L'amour et la guerre

Textes poétiques

Dans le récit d'Andrée Chedid, le **conflit** qui ravage le pays est à la fois le **cadre de l'intrigue** et un **puissant ressort** au service de l'intensité du texte : il révèle aux deux personnages que sont Marie et Steph la force de leur amour, mais les sépare aussi de manière tragique. Si l'opposition entre l'histoire amoureuse et son contexte est source de tension dramatique dans *Le Message*, elle est également un thème très fécond en poésie : celui-ci permet aux **quatre poètes** dont les œuvres suivent de souligner l'**horreur de la guerre** et de mettre en valeur le **salut**[1] et la **consolation** qu'apporte le **sentiment amoureux**.

➤ Texte n° 1 : Apollinaire, « Adieu » (1915)

Guillaume Apollinaire, né en 1880, est un poète français qui, à travers deux de ses recueils – *Alcools* en 1913 et *Calligrammes* en 1918 –, renouvelle profondément le genre poétique. En 1914, quand éclate la Première Guerre mondiale, l'écrivain s'engage comme volontaire. En 1915, affecté à Nîmes, dans le sud de la France, il correspond avec Louise de Coligny-Châtillon – dite Lou –, sa maîtresse ; il lui confie son amour et évoque sa vie difficile d'artilleur au front. L'ensemble de ses lettres sont recueillies sous le titre *Poèmes à Lou* bien des années après la mort d'Apollinaire, emporté par la grippe espagnole en 1918.

....

1. **Salut** : chose à laquelle on doit d'être secouru, sauvé.

ADIEU

L'amour est libre il n'est jamais soumis au sort
O Lou le mien est plus fort encor que la mort
3 Un cœur le mien te suit dans ton voyage au Nord

Lettres Envoie aussi des lettres ma chérie
On aime en recevoir dans notre artillerie
6 Une par jour au moins une au moins je t'en prie

Lentement la nuit noire est tombée à présent
On va rentrer après avoir acquis du zan [1]
9 Une deux trois À toi ma vie À toi mon sang

La nuit mon cœur la nuit est très douce et très blonde
O ou le ciel est pur aujourd'hui comme une onde
12 Un cœur le mien te suit jusques au bout du monde

L'heure est venue Adieu l'heure de ton départ
On va rentrer Il est neuf heures moins le quart
15 Une deux trois Adieu de Nîmes dans le Gard

Guillaume Apollinaire, *Poèmes à Lou*, « Adieu »,
© Éditions Gallimard, 1969.

Comprendre

1. Analysez la situation d'énonciation dans le poème : qui parle à qui ?

2. En quoi peut-on dire que ce poème ressemble à une lettre ?

S'informer

3. Cherchez ce qu'est un « acrostiche » : quel est celui présent dans le poème ? Que traduit-il ?

....
1. **Zan** : réglisse.

L'écrivain et poète Paul Éluard (1895-1952) défend durant toute sa vie la liberté et la fraternité : soutenant les républicains pendant la guerre d'Espagne en 1937, il s'oppose au fascisme allemand en 1939 et, lors de l'Occupation, s'engage dans la Résistance. Il publie alors sous divers pseudonymes dans des revues clandestines et coordonne en 1943 l'anthologie de poèmes engagés contre l'occupant nazi intitulée *L'Honneur des poètes*, ainsi que, la même année, le recueil des *Sept Poèmes d'amour en guerre* (repris en 1945 dans *Au rendez-vous allemand*), dont est extrait ce court poème.

AU NOM DU FRONT PARFAIT PROFOND

Au nom du front parfait profond
Au nom des yeux que je regarde
Et de la bouche que j'embrasse
4   Pour aujourd'hui et pour toujours

Au nom de l'espoir enterré
Au nom des larmes dans le noir
Au nom des plaintes qui font rire
8   Au nom des rires qui font peur

Au nom des rires dans la rue
De la douceur qui lie nos mains
Au nom des fruits couvrant les fleurs
12   Sur une terre belle et bonne

Au nom des hommes en prison
Au nom des femmes déportées

Au nom de tous nos camarades
16   Martyrisés et massacrés
Pour n'avoir pas accepté l'ombre

Il nous faut drainer la colère
Et faire se lever le fer
20   Pour préserver l'image haute
Des innocents partout traqués
Et qui partout vont triompher.

Paul Éluard, « Les Sept Poèmes d'amour en guerre »
in *Au rendez-vous allemand* © Éditions de Minuit, 1945.

Comprendre

1. Dans quels vers le poète appelle-t-il à la lutte ? Comment met-il en valeur la nécessité de ce combat ?

2. Comment le poète justifie-t-il ce combat dans les douze premiers vers ? En quoi est-ce surprenant ?

Interpréter

3. Que pouvez-vous dire du titre du recueil ? Quelle figure de style pouvez-vous y repérer ?

➤ Texte n° 3 : Prévert, « Barbara » (1946)

Jacques Prévert (1900-1977) est un homme de théâtre et de cinéma, qui connaît un grand succès en 1946, lorsqu'il publie son premier recueil poétique intitulé *Paroles*. Dans « Barbara », poème en vers libres, le poète évoque avec réalisme et émotion le souvenir d'une jeune femme, entrevue avant les bombardements qui ravagèrent et détruisirent presque la totalité de la ville de Brest entre 1940 et 1944.

BARBARA

Rappelle-toi Barbara
Il pleuvait sans cesse sur Brest ce jour-là
Et tu marchais souriante
Épanouie ravie ruisselante
5   Sous la pluie
Rappelle-toi Barbara
Il pleuvait sans cesse sur Brest
Et je t'ai croisée rue de Siam
Tu souriais
10 Et moi je souriais de même
Rappelle-toi Barbara
Toi que je ne connaissais pas
Toi qui ne me connaissais pas
Rappelle-toi
15 Rappelle-toi quand même ce jour-là
N'oublie pas
Un homme sous un porche s'abritait
Et il a crié ton nom
Barbara
20 Et tu as couru vers lui sous la pluie
Ruisselante ravie épanouie
Et tu t'es jetée dans ses bras
Rappelle-toi cela Barbara
Et ne m'en veux pas si je te tutoie
25 Je dis tu à tous ceux que j'aime
Même si je ne les ai vus qu'une seule fois
Je dis tu à tous ceux qui s'aiment
Même si je ne les connais pas
Rappelle-toi Barbara
30 N'oublie pas

Cette pluie sage et heureuse
Sur ton visage heureux
Sur cette ville heureuse
Cette pluie sur la mer
35 Sur l'arsenal [1]
Sur le bateau d'Ouessant [2]
Oh Barbara
Quelle connerie la guerre
Qu'es-tu devenue maintenant
40 Sous cette pluie de fer
De feu d'acier de sang
Et celui qui te serrait dans ses bras
Amoureusement
Est-il mort disparu ou bien encore vivant
45 Oh Barbara
Il pleut sans cesse sur Brest
Comme il pleuvait avant
Mais ce n'est plus pareil et tout est abîmé
C'est une pluie de deuil terrible et désolée
50 Ce n'est même plus l'orage
De fer d'acier de sang
Tout simplement des nuages
Qui crèvent comme des chiens
Des chiens qui disparaissent
55 Au fil de l'eau sur Brest
Et vont pourrir au loin
Au loin très loin de Brest
Dont il ne reste rien.

Jacques Prévert, *Paroles*, « Barbara »,
© Éditions Gallimard, 2016.

....

1. **Arsenal** : établissement militaire servant à la construction, à la réparation, au
ravitaillement et à l'armement des navires.
2. **Ouessant** : île du Finistère au large de Brest.

Comprendre

1. Relevez le refrain qui rythme le poème. Quel mode verbal est employé par Prévert ?

Interpréter

2. En quoi le vers 38 (« Quelle connerie la guerre ») est-il surprenant ?

3. Quel élément est évoqué à la fois dans le récit du passé et dans celui du présent ? Quel effet crée cette reprise ?

➤ Texte n° 4 : Chedid, « Ceci » (1976)

Avant d'être romancière, Andrée Chedid est poète : autrice de nombreux recueils, elle reçoit en 2002 le prix Goncourt de la poésie pour l'ensemble de son œuvre. Le poème qui suit est extrait de *Cérémonial de la violence*, publié en 1976, alors que la guerre fait rage au Proche-Orient, notamment au Liban [1]. À travers le regard aimant d'une personne endeuillée par le conflit, il témoigne de l'horreur de la guerre, associée à la mort et à la souffrance.

CECI

« Ceci   était mon fils ma fille
                      mon père ma mère

Cette chose   mon aimé
                      mon aïeul [2] mon enfant ! »

5   La femme vêtue de noir

....

1. Voir note 1, p. 8.
2. **Aïeul** : grand-père, grand-mère ; ancêtre.

agglutinée [1] aux mouches
tournoie dans une houle d'amour
et d'aversion [2]

Tournoie et se déchire
10   autour d'un tas de chair
qui suinte [3] sous le jour

Ceci   fut un vivant
Cette chose   fut une personne

Ce sang   dilapidé sur le bitume
15   s'ordonnait, hier encore, dans un réseau de veines
retissait, hier encore, la loi de l'existence

Ce cœur-sentinelle
s'est raidi sous le plomb

Ce sac-à-vermine [4]
20   abritait des entrailles [5]
où s'ouvrait le plaisir
où germinait [6] la vie

Un rictus [7] a drainé toute la pulpe de ces lèvres

....

1. **Agglutinée** : collée ; la femme tourne avec les mouches autour du corps.
2. **Aversion** : haine.
3. **Suinte** : produit un liquide qui s'écoule goutte à goutte.
4. Métaphore qui évoque le corps qui pourrit rempli de vermine, c'est-à-dire d'insectes nécrophages.
5. **Entrailles** : ensemble des organes enfermés dans l'abdomen de l'homme.
6. **Germinait** : germait, prenait vie.
7. **Rictus** : sourire grimaçant.

Ces orbites-à-fourmis[1] logeaient œil et regards

25 Ceci   fut un vivant
    Cette chose   fut une personne

L'esprit travaillait cette motte d'indifférence

La parole soulevait cette forme interrompue

    tremble sous la tourmente
30 hurle dans le chaos

    s'agglutine   aimantée

à ce profil d'écorce
à cette main qui stagne
à ce marécage d'humeurs[2]
35 à ce baluchon putride[3]

à ce   « Toi que j'appelle
et qui ne seras plus ! »

Andrée Chedid, *Cérémonial de la violence*, « Ceci »,
© Éditions Flammarion, 1976.

Comprendre

1. À quoi correspondent les guillemets présents au début et à la fin du poème ?

....

1. Les yeux sont désormais pleins de fourmis.
2. **Humeurs** : liquides organiques du corps humain.
3. **Putride** : qui est à l'état de putréfaction, de décomposition.

Interpréter

2. Relevez le pronom démonstratif répété dans le poème. Que traduit son emploi ?

3. Quel(s) sentiment(s) le lecteur éprouve-t-il à la lecture de ce poème ?

➤ Synthèse du groupement

Repérer

1. Dans lequel des poèmes du *corpus* l'amour...

- ... permet d'oublier ou de mieux supporter la guerre ?

- ... est détruit par la guerre ?

- ... est une valeur à défendre qui justifie la guerre ?

- ... est impuissant face à la mort et à la destruction que sème la guerre ?

2. Dans quel poème du *corpus* la guerre...

- ... apparaît funeste et destructrice ?

- ... est vue comme une nécessité ?

- ... est seulement un décor ?

- ... ôte toute humanité à l'homme ?

S'exprimer

3. Quel est, des quatre poèmes du groupement, celui que vous préférez ? pourquoi ?

> **Faire des liens entre les textes et les images**
>
> Observez les deux photographies du cahier iconographique (p. I et II). Quelle photographie pourrait le mieux illustrer le poème « Au nom du front parfait » d'Éluard ? et le poème « Barbara » de Prévert ? Justifiez chacun de vos choix.

GROUPEMENT
DE TEXTES N°2

Écrire contre la guerre

Textes engagés

À l'origine de la littérature, on trouve des **épopées** – c'est-à-dire des œuvres traversées par de nombreux combats exaltant le courage de héros – telles que l'*Iliade*[1] d'Homère dans l'Antiquité, ou *La Chanson de Roland*[2] au Moyen Âge. Mais, au fil du temps, la **célébration des exploits guerriers** et de la **bravoure des héros** laisse place à la dénonciation de la guerre et de la violence. Si Andrée Chedid utilise le genre romanesque pour évoquer les morts et les destructions qui l'accompagnent, d'autres choisissent des stratégies différentes pour dénoncer ce fléau. Les quatre textes qui suivent témoignent de la **variété des formes et des registres** auxquels la littérature recourt pour **condamner les luttes incessantes entre les hommes**.

➤ Texte n° 5 : Damilaville, « Paix » (1751)

Étienne Noël Damilaville (1723-1768), homme de lettres, a participé à l'écriture de l'*Encyclopédie* de Diderot et d'Alembert (1751-1772). Pour contribuer à cette somme vulgarisée[3] des connaissances du siècle des Lumières, cet ami et correspondant de Voltaire rédige en 1751

....

1. Poème épique écrit au VIIIe siècle avant notre ère, l'*Iliade* raconte la guerre qui opposa les Grecs et les Troyens. De nombreux héros (Achille, Ulysse, Agamemnon, Hector...) s'y illustrent.
2. Datant de la fin du XIe siècle, ce poème est la plus ancienne chanson de geste connue en français ; il relate le combat désespéré des chevaliers de Charlemagne contre les Sarrasins.
3. Vulgarisée : simplifiée et accessible à la compréhension de tous.

l'article « Paix », alors qu'ont lieu plusieurs guerres en Europe, notamment les guerres de Succession d'Autriche et de Pologne. Voici le début de l'article.

PAIX

La guerre est un fruit de la dépravation[1] des hommes ; c'est une maladie convulsive[2] et violente du corps politique ; il n'est en santé, c'est-à-dire dans son état naturel, que lorsqu'il jouit de la paix ; c'est elle qui donne de la vigueur aux empires ; elle main-
5 tient l'ordre parmi les citoyens ; elle laisse aux lois la force qui leur est nécessaire ; elle favorise la population, l'agriculture et le commerce ; en un mot, elle procure au peuple le bonheur qui est le but de toute société. La guerre, au contraire, dépeuple les États ; elle y fait régner le désordre ; les lois sont forcées de se taire à la
10 vue de la licence[3] qu'elle introduit ; elle rend incertaines la liberté et la propriété des citoyens ; elle trouble et fait négliger le commerce ; les terres deviennent incultes et abandonnées. Jamais les triomphes les plus éclatants ne peuvent dédommager une nation de la perte d'une multitude de ses membres que la guerre sacrifie.
15 Ses victimes mêmes lui font des plaies profondes que la paix seule peut guérir. [...]

Étienne Noël Damilaville, *Encylopédie, ou Dictionnaire raisonné des sciences, des arts et des métiers* de Denis Diderot et Jean Le Rond d'Alembert, article « Paix », 1751.

....
1. Dépravation : attitude dénuée de sens moral.
2. Convulsive : qui est marquée par une violente agitation, par un trouble soudain.
3. Licence : synonyme ici de désordre, de débordement.

➤ Texte nº 6 : Maupassant, « La Guerre » (1883)

Guy de Maupassant (1850-1893) est un romancier, nouvelliste mais aussi journaliste de la fin du XIXe siècle. Marqué par son engagement en 1870 lors du conflit contre la Prusse, il dénonce la guerre dans certaines de ses nouvelles – notamment dans *Boule de suif*, écrite en 1880 – mais aussi dans des articles de presse. Dans la chronique publiée dans le quotidien *Gil Blas* le 11 décembre 1883, il critique les partisans de la guerre, visant plus particulièrement M. de Moltke (1848-1916), général stratège de l'armée prussienne.

[LES FLÉAUX DU MONDE]

Un artiste habile en cette partie, un massacreur de génie, M. de Moltke, a répondu, voici deux ans, aux délégués de la paix, les étranges paroles que voici : « La guerre est sainte, d'institution divine ; c'est une des lois sacrées du monde ; elle entretient chez

5   les hommes tous les grands, les nobles sentiments, l'honneur, le désintéressement, la vertu, le courage, et les empêche en un mot de tomber dans le plus hideux matérialisme [1] ! »

Ainsi, se réunir en troupeaux de quatre cent mille hommes, marcher jour et nuit sans repos, ne penser à rien, ne rien étudier,

10   ne rien apprendre, ne rien lire, n'être utile à personne, pourrir de saleté, coucher dans la fange [2], vivre comme les brutes dans un hébétement continu, piller les villes, brûler les villages, ruiner les peuples, puis rencontrer une autre agglomération de viande humaine, se ruer dessus, faire des lacs de sang, des plaines de

15   chair pilée mêlée à la terre boueuse et rougie, des monceaux de

....

1. **Matérialisme** : état d'esprit caractérisé par la recherche des jouissances et des biens matériels.
2. **Fange** : boue presque liquide et souillée.

cadavres, avoir les bras ou les jambes emportés, la cervelle écra-
bouillée sans profit pour personne, et crever au coin d'un champ
tandis que vos vieux parents, votre femme et vos enfants meurent
de faim ; voilà ce qu'on appelle ne pas tomber dans le plus
20 hideux matérialisme !

Les hommes de guerre sont les fléaux du monde. Nous luttons
contre la nature, contre l'ignorance, contre les obstacles de toute
sorte, pour rendre moins dure notre misérable vie. Des hommes,
des bienfaiteurs, des savants usent leur existence à travailler, à
25 chercher ce qui peut aider, ce qui peut secourir, ce qui peut soula-
ger leurs frères. Ils vont, acharnés à leur besogne utile, entassant
les découvertes, agrandissant l'esprit humain, élargissant la
science, donnant chaque jour à l'intelligence une somme de savoir
nouveau, donnant chaque jour à leur patrie du bien-être, de
30 l'aisance, de la force.

La guerre arrive. En six mois, les généraux ont détruit vingt
ans d'efforts, de patience, de travail et de génie.

Voilà ce qu'on appelle ne pas tomber dans le plus hideux
matérialisme.

35 Nous l'avons vue, la guerre. Nous avons vu les hommes rede-
venus des brutes, affolés, tuer par plaisir, par terreur, par bravade[1], par ostentation[2]. Alors que le droit n'existe plus, que la
loi est morte, que toute notion du juste disparaît, nous avons vu
fusiller des innocents trouvés sur une route et devenus suspects
40 parce qu'ils avaient peur. Nous avons vu tuer des chiens enchaî-
nés devant la porte de leurs maîtres pour essayer des revolvers
neufs, nous avons vu mitrailler par plaisir des vaches couchées
dans un champ, sans aucune raison, pour tirer des coups de fusil,
histoire de rire.

....

1. **Bravade** : audace excessive au combat.
2. **Ostentation** : ici, volonté de se montrer et de se mettre en valeur.

45 Voilà ce qu'on appelle ne pas tomber dans le plus hideux matérialisme.

Entrer dans un pays, égorger l'homme qui défend sa maison parce qu'il est vêtu d'une blouse et n'a pas de képi[1] sur la tête, brûler les habitations de misérables gens qui n'ont plus de pain,
50 casser des meubles, en voler d'autres, boire le vin trouvé dans les caves, violer les femmes trouvées dans les rues, brûler des millions de francs en poudre, et laisser derrière soi la misère et le choléra.

Voilà ce qu'on appelle ne pas tomber dans le plus hideux matérialisme.
55 Qu'ont-ils donc fait pour prouver même un peu d'intelligence, les hommes de guerre ? Rien.

Qu'ont-ils inventé ? Des canons et des fusils. Voilà tout.

Guy de Maupassant, « La Guerre »,
article publié dans *Gil Blas*, 11 décembre 1883.

➤ Texte n° 7 : Hugo, « Avant l'exil. Congrès de la paix » (1849)

En août 1849, Victor Hugo (1802-1885), poète, dramaturge et romancier, s'engage dans la vie politique française et devient député de Paris à l'Assemblée législative. Il préside aussi le Congrès de la paix organisé par une association née en Grande-Bretagne, qui rassemble d'éminentes personnalités venues de toute l'Europe et d'Amérique. Le discours qu'il prononce est pour Hugo l'occasion de rappeler des valeurs comme l'humanité et la fraternité et de défendre le principe de la paix universelle.

[LA FRATERNITÉ EUROPÉENNE]

Un jour viendra où vous France, vous Russie, vous Italie, vous Angleterre, vous Allemagne, vous toutes, nations du continent,

....

1. Parce que c'est un civil sans défense et non un militaire.

sans perdre vos qualités distinctes et votre glorieuse individualité, vous vous fondrez étroitement dans une unité supérieure, et vous constituerez la fraternité européenne, absolument comme la Normandie, la Bretagne, la Bourgogne, la Lorraine, l'Alsace, toutes nos provinces, se sont fondues dans la France. Un jour viendra où il n'y aura plus d'autres champs de bataille que les marchés s'ouvrant au commerce et les esprits s'ouvrant aux idées. Un jour viendra où les boulets et les bombes seront remplacés par les votes, par le suffrage universel des peuples, par le vénérable arbitrage d'un grand Sénat souverain qui sera à l'Europe ce que le parlement est à l'Angleterre, ce que la Diète [1] est à l'Allemagne, ce que l'Assemblée législative est à la France ! Un jour viendra où l'on montrera un canon dans les musées comme on y montre aujourd'hui un instrument de torture, en s'étonnant que cela ait pu être ! Un jour viendra où l'on verra ces deux groupes immenses, les États-Unis d'Amérique, les États-Unis d'Europe, placés en face l'un de l'autre, se tendant la main par-dessus les mers, échangeant leurs produits, leur commerce, leur industrie, leurs arts, leurs génies.

Et ce jour-là, il ne faudra pas quatre cents ans pour l'amener, car nous vivons dans un temps rapide, nous vivons dans le courant d'événements et d'idées le plus impétueux [2] qui ait encore entraîné les peuples, et, à l'époque où nous sommes, une année fait parfois l'ouvrage d'un siècle.

Dans notre vieille Europe, l'Angleterre a fait le premier pas, et par son exemple séculaire [3], elle a dit aux peuples : Vous êtes libres. La France a fait le second pas et elle a dit aux peuples :

....

1. Diète : assemblée parlementaire allemande qui représente l'ensemble des États confédérés.

2. Impétueux : fort, vif, ardent.

3. Séculaire : qui date de plusieurs siècles.

30 Vous êtes souverains[1]. Maintenant faisons le troisième pas, et tous ensemble, France, Angleterre, Belgique, Allemagne, Italie, Europe, Amérique, disons aux peuples : Vous êtes frères !

Victor Hugo, *Avant l'exil. Congrès de la paix*,
21 août 1849.

➤ Texte n° 8 : Desproges, « Douaumont » (1985)

Humoriste français réputé pour son humour noir, son anticonformisme et son sens de l'absurde, Pierre Desproges (1939-1988) publie en 1985 un *Dictionnaire superflu à l'usage de l'élite et des bien nantis*[2], qui comporte un seul nom commun et un seul nom propre par lettre de l'alphabet. Entre un article sur la ville de « Cannes » et un autre sur le poète « Éluard », on trouve quelques lignes dédiées à une petite ville de province...

DOUAUMONT

DOUAUMONT (55100), commune de la Meuse (arrondissement de Verdun) sur les Hauts de Meuse.

Point fort de la défense de Verdun, théâtre de violents combats en 1916.

5 L'ossuaire de Douaumont est très joli. Il contient les restes de 300 000 jeunes gens. Si l'on mettait bout à bout tous les humérus et tous les fémurs de ces garçons et leurs 300 000 crânes par-dessus, on obtiendrait une ravissante barrière blanche de 2 476 kilomètres pour embellir le côté gauche de la route
10 Moscou-Paris. Le sacrifice des 300 000 morts de Douaumont n'a

....

1. Souverains : indépendants.
2. Nantis : qui jouissent d'une fortune ou d'une situation confortable.

pas été vain. Sans Verdun, on n'aurait jamais abouti à l'armistice de 1918, grâce auquel l'Allemagne humiliée a pu se retrouver dans Hitler. Hitler sans lequel on n'aurait jamais eu l'idée, en 1945, de couper l'Europe en deux de façon assez subtile pour que la Troisième[1] soit désormais inévitable.

Pierre Desproges, *Dictionnaire superflu à l'usage de l'élite et des bien nantis*, © Éditions du Seuil, 1985, coll. « Points Documents », 2018.

➤ Synthèse du groupement

Comprendre

1. À quelles guerres font allusion les auteurs de ces quatre textes ?

2. Avec quelle figure de style Damilaville marque-t-il l'opposition entre la paix et la guerre ?

3. Quel est le temps qui domine dans le texte de Hugo ? Analysez sa valeur.

4. Dans les extraits des textes de Desproges et de Maupassant, repérez une tournure ironique.

Interpréter

5. En quoi peut-on dire que le point de vue des quatre auteurs est semblable ?

6. À quel genre appartient chacun des extraits ?

7. Quelles réalités de la guerre évoquent Damilaville et Maupassant ?

....

1. Pierre Desproges fait ici allusion à la guerre froide qui opposa, de 1945 à 1990, les États-Unis, l'URSS et leurs alliés respectifs. Ces deux blocs étaient dotés de moyens militaires considérables et défendaient des systèmes idéologiques et économiques opposés.

Groupements de textes

8. Quel est, selon vous, le texte...

– ... le plus optimiste ?

– ... le plus ironique ?

– ... le plus agressif ?

– ... le plus métaphorique ?

Argumenter à l'oral

Selon vous, quel genre littéraire (roman, poésie, discours, essai...) est-il le plus efficace pour faire passer un message ? En petits groupes, vous mettrez au jour les avantages et inconvénients de chaque genre ; après une mise en commun, vous direz celui que la classe voit comme le plus efficace.

Une allégorie moderne de la paix

Observez la photographie de Marc Riboud, *Jeune Fille à la fleur* (1967), p. v du cahier iconographique, puis répondez aux questions suivantes.

S'informer

1. Qu'est-ce que le Pentagone ? Quel est l'objet de la manifestation des étudiants illustrée par la photographie ?

2. Effectuez des recherches en ligne sur le mouvement hippie : dans quelle mesure peut-on dire que cette jeune fille l'incarne ?

Interpréter

3. Quels sont les deux camps représentés sur cette photographie ? À quoi chacun est-il associé ?

4. Pourquoi peut-on dire que cette image est construite sur un jeu d'oppositions ?

5. Peut-on dire que le point de vue du reporter-photographe est neutre ?

> ### L'oral de soutenance du brevet
>
> En vous aidant de la fiche de méthode (p. 179) et des questions ci-dessus, entraînez-vous à l'épreuve orale de soutenance du brevet en présentant cette photographie de Marc Riboud ou le dessin de Patrick Chappatte, *Centenaire de la Première Guerre mondiale*, (p. vi du cahier iconographique).

Arts et médias

Un long dimanche
de fiançailles

À l'origine, *Un long dimanche de fiançailles* est un roman de Sébastien Japrisot, paru en 1991. Le récit est adapté en film par Jean-Pierre Jeunet en 2004 (France et États-Unis). Ses droits ont rapidement été achetés par des producteurs américains, ce qui explique la double nationalité du film, produit à la fois par la société américaine Warner Bros et par TF1. Il faut dire que le réalisateur, Jean-Pierre Jeunet, bénéficie alors d'une certaine crédibilité à Hollywood, après le succès en 1997 d'*Alien, la résurrection* et, surtout, de son *Fabuleux Destin d'Amélie Poulain*, qui marque les spectateurs français en 2001 et attire près de six millions de spectateurs aux États-Unis. Le film décroche cinq nominations aux Oscars, fait inhabituel pour un long métrage français.

Comme *Amélie Poulain*, *Un long dimanche de fiançailles* est construit à la manière d'une **enquête**. D'une part, le récit est conduit par une **voix off**[1] qui nous présente les personnages comme si, voulant nous renseigner à leur sujet, nous lisions leur fiche d'état civil et le résumé de leur vie. D'autre part, dans les deux films, une jeune femme se démène pour retrouver celui qu'elle aime.

L'action se déroule pendant et après la Première Guerre mondiale. Manech a été envoyé sur le front de la Somme ; puis, ayant essayé de se blesser volontairement dans l'espoir de retourner « à l'arrière », il a été choisi pour effectuer une mission-suicide, en guise de punition. Depuis, Mathilde n'a plus de nouvelles de lui.

....

1. Voix off : voix qui émane d'un personnage ou d'un commentateur absent de la scène montrée à l'écran et, parfois (comme dans ces deux films de Jean-Pierre Jeunet), étranger à l'histoire racontée.

Le sujet du film est **moins les horreurs de la guerre**, quoiqu'elles soient largement montrées à l'écran, **que l'énergie hors du commun déployée par Mathilde** pour retrouver la trace de Manech, et son refus de croire à la mort de ce dernier. Cette **ténacité** la rapproche de Marie, l'héroïne du *Message*. En effet, toutes deux **bravent les obstacles physiques** – la balle dans le dos pour Marie, la polio [1] pour Mathilde – afin d'**atteindre leur but**. « Tout me paraît vain, en dehors de l'amour » : la phrase de Steph (p. 55, l. 37-38) vaut aussi bien pour le couple du *Message* que pour celui du film de Jean-Pierre Jeunet.

Dans le film, comme dans le roman d'Andrée Chedid, comment le contexte de la guerre permet-il paradoxalement d'affirmer la force des liens amoureux ?

➤ Analyse d'ensemble

1. Dans *Un long dimanche de fiançailles*, l'histoire est racontée du point de vue de Mathilde. On apprend les choses en même temps qu'elle, à mesure qu'avance son enquête. Quel est l'avantage de ce procédé ?

2. Bien que le récit adopte sa perspective, ce n'est pas Mathilde qu'on entend dans la voix off, mais une autre jeune femme, qui n'apparaît pas à l'écran (la comédienne Florence Thomassin). Pourquoi, à votre avis ?

3. La façon de filmer de Jean-Pierre Jeunet est particulière. Il accroche souvent la caméra au bout d'une grue articulée, qui se pilote comme si l'on jouait à un jeu vidéo. Grâce à ce dispositif, la caméra peut monter, descendre, se faufiler, etc. En quoi cette façon de filmer s'accorde-t-elle bien au projet de Mathilde ?

....

1. La polio : la poliomyélite, maladie infantile courante jusqu'à la moitié du XXe siècle, pouvant entraîner des paralysies.

➤ Analyse de séquence : naissance d'une idylle (de 01.06.03 à 01.12.56)

4. Pourquoi la première conversation entre Mathilde et Manech, qui marque les prémices hésitants de cet amour d'enfance, est-elle montrée à cet endroit du film et non au début ?

5. Pourquoi la voix off dit-elle : « C'était un vendredi, ou un samedi. Mathilde ne s'en souvient plus » ?

6. Pourquoi Mathilde accepte-t-elle finalement l'offre de Manech ? Comment le film révèle-t-il cette transformation ?

7. Une fois en haut du phare, les enfants sont filmés à l'aide d'une *flying cam*, une caméra fixée à un petit hélicoptère télécommandé. Qu'apportent ces deux plans, l'un qui fonce en ligne droite vers le phare et l'autre qui tourne autour de ce dernier ?

8. Commentez les deux jeux auxquels se livrent Mathilde et Manech : le baiser sur la vitre et le mikado.

9. Comment pouvez-vous interpréter l'albatros qu'on voit voler avant le départ de Manech à la guerre ?

10. De quelle manière la course de Mathilde en direction de la voiture est-elle filmée ? Pourquoi échoue-t-elle ?

Pour la paix

➤ Le dessin de presse de journalistes engagés

Rendez-vous sur le site Internet de Cartooning for Peace (www.cartooningforpeace.org). Parcourez ses pages et répondez aux questions suivantes.

1. Quand la fondation Cartooning for Peace a-t-elle été créée ? À l'initiative de qui ?

2. Combien de dessinateurs adhèrent à cette fondation ?

3. Quelles informations sur Plantu – l'auteur du dessin figurant p. VII du cahier iconographique – peut-on trouver ?

4. Quelle différence peut-on observer entre les dessins que l'on trouve sur la page « Nos éditos hebdomadaires » (onglet « Actions » puis « Regard éditorial ») et ceux de la page « Cartoonothèque » (accessible depuis la page d'accueil) ?

5. Quelles grandes thématiques sont présentes dans cette « Cartoonothèque » ?

6. Dans la page « Vining for peace » (accessible depuis l'onglet « Actions » puis « Événements »), datée du 14 septembre 2015, visionnez les « Vines » réalisés par six dessinateurs de l'association. Choisissez-en un, résumez-le et expliquez ce qu'il dit du métier et du rôle du dessinateur de presse.

7. Dans la « Cartoonothèque », choisissez un dessin qui illustre les inégalités Nord/Sud. Présentez brièvement son auteur ou son autrice, puis décrivez l'image et expliquez-la.

➤ Le symbole de la colombe

Effectuez une recherche en ligne pour expliquer l'histoire d'un symbole de la paix, celui de la colombe.

1. Sur votre moteur de recherche, tapez alternativement : « symbole », « colombe », « histoire d'un symbole de la paix la colombe », « symbole colombe ». Quelle est, selon vous, la formule la plus efficace pour trouver l'information recherchée ?

2. Pour obtenir une réponse à une question, que faites-vous ?

– Vous consultez le premier site que vous offre votre moteur de recherche ?

– Vous allez directement sur Wikipédia ?

– Vous consultez au moins deux sources d'informations différentes pour vérifier vos informations ?

À votre avis, quelle est la démarche la plus fiable ? Pourquoi ?

3. Préparez un exposé dans lequel vous expliquez l'origine du symbole de la colombe et son histoire. Vous veillerez à inclure une iconographie riche et variée tout en précisant vos sources.

4. Recherchez le logo de la fondation Cartooning for Peace : quelle modification a-t-on apportée à l'allégorie de la paix ? Que dit-il des rôles du journaliste et du dessinateur de presse ?

Vers l'épreuve orale du DNB

Vous avez la possibilité, si vous le souhaitez, de présenter l'une des œuvres artistiques étudiées en classe à l'épreuve orale de soutenance du brevet. Pendant cette épreuve, vous devez non seulement montrer à vos examinateurs que **vous avez acquis des connaissances en histoire des arts**, mais aussi **que vous êtes capable de développer une réflexion personnelle et argumentée sur l'œuvre** de votre choix.

Vous trouverez ci-dessous un tableau qui vous aidera à réussir votre préparation de l'oral.

1. INTRODUCTION (1 MINUTE)

a) Je présente rapidement l'artiste et l'œuvre.
– Citez le nom de l'artiste, sa nationalité, le siècle où il/elle a vécu, les mouvements artistiques auxquels il/elle a appartenu.
– Citez le titre de l'œuvre étudiée, la date de sa composition, son contexte historique et social, ses dimensions, le musée auquel elle est conservée, son genre (paysage, portrait, nature morte...) et son thème (scène historique, scène privée...).

b) J'annonce ma problématique.
La problématique est une question à laquelle je ne peux pas répondre par « oui » ou par « non » et qui guidera ma réflexion sur le tableau. Il est conseillé de construire la problématique à

partir des différents questionnements abordés en cours de français :

– *Comment Marc Riboud, dans sa photographie intitulée* Jeune fille à la fleur, *met-il en scène l'opposition de deux valeurs ?*

– *Quelle image de la Première Guerre mondiale le caricaturiste Patrick Chappatte offre-t-il dans son dessin ? Quels procédés utilise-t-il pour ce faire ?*

c) J'annonce le plan de mon oral qui doit comporter au moins deux parties :

– *Dans un premier temps, nous aborderons...*

– *Dans un deuxième temps, nous verrons...*

– *Dans une dernière partie, nous essaierons de montrer...*

2. DÉVELOPPEMENT (3 MINUTES)

a) Je fais une description précise et organisée du tableau.

– Décrivez le tableau en utilisant le vocabulaire de l'analyse de l'image pour situer ce que vous décrivez (premier plan, arrière-plan, plan intermédiaire...).

– Commentez les choix de couleurs faits par le peintre.

– Pensez à commenter les particularités du dessin, surtout si celui-ci suit les préceptes d'un mouvement artistique particulier (cubisme, pointillisme...).

b) Je développe et j'explique mes réactions face au tableau.

– Quelles émotions ce tableau a-t-il d'abord provoquées en vous ? Pourquoi ?

– À quoi avez-vous pensé en regardant ce tableau plus longuement ? Pourquoi ?

c) J'interprète l'œuvre en essayant d'apporter des éléments de réponse à la problématique.

– Expliquez quel est, selon vous, le sens de la scène représentée par le tableau : pourquoi l'artiste a-t-il choisi de représenter cette scène plutôt qu'une autre ? Quel est son intérêt ?

– Quel a été, selon vous, l'objectif de l'autrice en composant cette œuvre ? L'a-t-elle atteint ? Pourquoi ?

3. CONCLUSION (1 MINUTE)

a) Je formule une réponse claire à la problématique que j'ai posée dans mon introduction.

b) J'élargis ma réflexion

– Expliquez en quoi cette œuvre a modifié le regard que vous portez sur le monde ou influencé vos propres pratiques artistiques.

– Connaissez-vous d'autres œuvres artistiques avec lesquelles vous pourriez faire des rapprochements ? Lesquelles et pourquoi ?

MA FICHE DE LECTURE

Fiche de lecture sur:

....

Un livre écrit par:

....

Ma couverture:

Le livre en une phrase:

....
....
....

Les citations qui m'ont marqué(e) :

....

....

....

....

....

....

Un mot que
j'ai appris en lisant :

....

Un livre / un film /
un tableau / un morceau
de musique auquel cette
lecture m'a fait penser :

....

Mon avis personnel sur le livre :

....

....

....

....

....

....

Mon verdict sur 5 étoiles :

★ ★ ★ ★ ★

Mes notes et citations

....
....
....
....
....
....
....
....
....
....
....
....
....
....
....
....
....

Mes notes et citations

....
....
....
....
....
....
....
....
....
....
....
....
....
....
....
....
....
....

Du même auteur
dans la même collection

L'Enfant des manèges et autres nouvelles
Le Sixième Jour

Sur le thème
« Agir dans la cité : individu et pouvoir »

Au nom de la liberté. Poèmes de la Résistance
BLOTTIÈRE (Alain), *Le Tombeau de Tommy*
Ceux de Verdun. Les écrivains et la Grande Guerre
DEL CASTILLO (Michel), *Tanguy*
FRIEDMAN (Carl), *Mon père couleur de nuit*
GENEVOIX (Maurice), *La Mort de près*
GIRAUDOUX (Jean), *Électre*
    La guerre de Troie n'aura pas lieu
GRUMBERG (Jean-Claude), *L'Atelier*
    Zone libre
JONQUET (Thierry), *La Vigie*
KESSEL (Joseph), *L'Équipage*
KRESSMAN TAYLOR (Kathrine), *Inconnu à cette adresse*
LEROY (Gilles), *Zola Jackson*
MANKELL (Henning), *Des jours et des nuits à Chartres*
ORWELL (George), *La Ferme des animaux*
Paroles de la Shoah
RUFIN (Jean-Christophe), *Les Naufragés et autres histoires qui reviennent
    de loin*
SAUMONT (Annie), *La Guerre*

Cet ouvrage a été mis en pages par

Imprimé à Barcelone par:
CPI Black Print

N° d'édition : 601335-2
Dépôt légal : août 2021